바오밥나무와 방랑자

바오밥나무와 방랑자

제1판 제1쇄 2020년 7월 30일
제1판 제3쇄 2021년 11월 18일

지은이 민병일
펴낸이 이광호
주간 이근혜
편집 박지현 홍근철
펴낸곳 ㈜문학과지성사
등록번호 제1993-000098호
주소 04034 서울 마포구 잔다리로7길 18 (서교동 377-20)
전화 02) 338-7224
팩스 02) 323-4180(편집) 02) 338-7221(영업)
전자우편 moonji@moonji.com
홈페이지 www.moonji.com

ISBN 978-89-320-3750-9 03810

이 도서의 국립중앙도서관 출판예정도서목록(CIP)은 서지정보유통지원시스템 홈페이지
(http://seoji.nl.go.kr)와 국가자료공동목록시스템(http://www.nl.go.kr/kolisnet)에서
이용하실 수 있습니다.(CIP제어번호: CIP2020029319)

바오밥나무와 방랑자

민병일 지음

문학과지성사

프롤로그

나는 '울티마 툴레'에서 온 방랑자

나는 별이다

나는 너희들의 세계에서 추방당한 사람

Ich bin ein Stern

Ich bin von Eurer Welt verbannt

—헤르만 헤세

나는 본다 천 개의 그림 속에서 너를

Ich sehe dich in tausend Bildern

—노발리스

당신은 미래, 영원한 평야 끝에

올라가는 위대한 새벽빛

Du bist die Zukunft, großes Morgenrot

über den Ebenen der Ewigkeit

—라이너 마리아 릴케

1

태양계 끄트머리 명왕성에서도 16억 킬로미터쯤 가면, 지구별에서는 무려 65억 킬로미터쯤 가면, 시간마저 수정처럼 투명해지는 '울티마 툴레Ultima Thule'란 곳이 있습니다. '카이퍼 벨트Kuiper Belt'(태양계 끝자락에 수많은 천체가 도넛 모양으로 밀집해 있는 지역) 내 천체인 울티마 툴레는 직경 31킬로미터쯤 되는 거대한 눈사람 모양의 얼음덩어리입니다. 라틴어 울티마 툴레는 '알려진 세계를 넘어서'라는 의미의 중세적 언어이지요. 이 말에는 오래전부터 알려진 세계를 넘어서려는 그 모든 사람들의 꿈과 동경과 그리움이 깃들어 있습니다.

나는 울티마 툴레에서 온 방랑자입니다.

아주 먼 옛날의 나는 한없이 압축된 작은 점, '우주알cosmic egg' 속의 뜨거운 불이었거나 천둥·번개·구름·가스·먼지였고, 오래전에는 초록 바람이나 화석·강물·은행나무였고, 언젠가에는 제비꽃·종달새·바위·흙·무당벌레였으며, 지금은 파란 별로 잠시 여기 머물고 있습니다. 전설적인 록 밴드 '퀸'의 기타리스트 브라이언 메이는 천체물리학자답게 울티마 툴레 헌정곡 「뉴호라이즌스-울티마 툴레 믹스」를 첫 공식 싱글앨범으로 냈는데, 그 역시 울티마 툴레에서 온 방랑자이기 때문일 것입니다.

사람들 심장에는 별의 흔적이 있습니다. 비록 지금은 운석이나 가스 덩어리, 얼음이나 먼지, 저온의 구름으로 떠돌더라도, 언젠가는 초신성 폭발과 같은 아름다운 충격에 의해 빛나는 별이 되고 또 누군가를 비추지 않겠어요.

나는 세계에서 추방당한 별똥별처럼 남녘의 한 산자락 마을에 둥지를 틀었습니다.

숲에서 지내는 시간이 늘어갈수록 상상력이라는 꽃이 피고, 시공간의 한계를 초월하여 달리는 기차는 나를 먼 곳으로 데려갔습니다. 일상적인 삶의 탈현실화는 예술가에게 축복입니다. 때로는 숲에서 만나는 정신의 자유와 푸른 공기, 나무의 존재 방식에서 드러나는 신성한 진리가 숭고한 밥이 됩니다. 숲의 은둔자로 살아가는 일은 브람스가 「바이올린 소나타 F.A.E」에서 들려준 악홍 그대로 '프라이 아버 아인잠Frei aber Einsam,' 즉 '자유롭게 그러나 고독하게'의 연속입니다. 밥벌이 대신 자유를 팔아 고독을 먹고사는 일은 삶의 불협화음을 일으켰지만, 그 불완전한 시간의 배를 찢고 나온 것이 예술입니다. 이 무렵 어느 별에서 흘러왔는지 알 수 없지만, 나는 바오밥나무와 방랑자를 '프라이 아버 아인잠'의 숲길에서 만났습니다.

2

동화란 그리 먼 나라 이야기가 아니며, 무지개 너머 꿈꾸는 열망도 아니고, 미의 현현顯現만은 더욱 아닐 것입니다. 시간의 점선에 존재하면서도 시간을 초월하고, 옛날을 이야기하면서도 현존재 앞에 있는 풍경을 보여주는 게 동화입니다. 동화는 끊임없이 현재화하는 사물이기에 이 책에 나오는 바오밥나무는 그 누구의 바오밥나무도 아닌, 내면을 여행하는 여행자입니다.

바오밥나무는 무엇을 찾아 나선 것일까요? 우주적 나무이면서 인간적이고 몽상적 나무이면서 신성한 바오밥나무는 모든 나무가 그렇듯 우리에게 형이상학적이고 존재의 원천을 발견하게 하는 거울과도 같지요. 거울을 보고 자기 자신을 만나려면 '거울 속의 거울Spiegel im Spiegel'을 들여다보아야 합니다. 나는 이 책에 등장하는 바오밥나무가 자아를 비추는 거울 속의 거울이라고 여기거든요. 한번 생각해보세요. 나무의 우주가 된 바오밥나무는 해와 달과 별과 사람을 비추는 상상하는 나무로, 중력 따위 아랑곳하지 않고 거대한 거울처럼 대지에 솟아 있잖아요. 공기를 빚어 꿈으로 환생시키고 사람에게 '무제약적으로 선하고자 하는 의지'를 깃들게 하는 바오밥나무는 신성하고 정화된 침묵의 시입니다. 영감 깊은 이 나무를 볼 때마다 나는 아름다움이라는 불온한 혁명을 꿈꾸는 심미적 전사로 변신합니다.

『바오밥나무와 방랑자』에서 바오밥나무와 방랑자는 현자일 수도 있고 어릿어릿한 자일 수도 있지만, 누가 무엇이 되든지 그것은 중요하지 않습니다. 왜냐하면 바오밥나무와 방랑자 모두 무언가無言歌를 부르며 칠현금을 타는 베일에 가려진 '나'이며, '너'이고, '우리'이기 때문입니다. 릴케가 시 「오르페우스에게 바치는 소네트」에서 "고뇌는 인식의 대상으로 존재하지 않고,/사랑은 배움의 대상으로 존재하지 않고,/〔……〕/그 베일이 벗겨지지 않는다"라고 한 것처럼, 삶이란 끝없이 가려진 신비한 베일을 벗겨가는 여행이니까요. 여행길에서는 고뇌와 인식, 사랑과 배움은 모두 존재하지 않는 무이며, 우리가 삶의 신산辛酸을 온전히 길에 내려놓아 무가 될 때 비로소 또 하나의 삶을 얻을 수 있습니다. 바오밥나무와 방랑자 역시 아직 베일을 벗지 않은 존재이며 어둠 속에 묻혀 베일에 싸인 존재를 찾아가는 여행자입니다. 혹시 누가 알겠어요, 여행 중인 바오밥나무나 방랑자가 먼저 그 길을 걸어간 이들의 흔적을 발견하곤, 아! 삶이란 '내면으로 가는 길Wege nach Innen'에 남겨진 어떤 흔적, '성스러움에 가까이 가는 어떤 흔적eine Spur zum Heiligen'을 찾는 것이구나 할지 누가 알겠어요.

나는 『바오밥나무와 방랑자』를 통해 존재에 대한 성찰을 하고 싶었지만 천 개의 그림 속에 숨은 존재는 결국 하나도 찾지 못하고, 니체가 말한 "존재—우리는 이것에 대해 '산다'는 것 이외에는 어떠한 다른 표상도 갖지 못한다"라는 명제로 되돌아오고 만 것 같습니다.

3

시가 진실을 찾아가는 미적 언어이고, 소설이 잡다한 일상의 삶을 정제시켜 보여주는 미적 이야기라면, 동화는 자유로운 유희 속에서 인간을 가장 순수한 곳에 이르게 하는 상상의 사유물입니다. 나는 『바오밥나무와 방랑자』를 쓰며 유희적 사유에 대해 고민했습니다. 그러면서 칸트 미학의 핵심인 '자유로운 유희freies Spiel'를 떠올렸습니다. 자연 속의 나무와 꽃과 돌과 곤충은 보기만 해도 기분이 좋아지는데, 이러한 자연미처럼 일체의 그 무엇도 강요하지 않는 유희의 즐거움을, 동화를 통해 보여주고 싶었습니다.

이 책에 나오는 바오밥나무와 방랑자는 말 건네기의 달인들입니다. 불협화음으로 가득한 세계에서 「유리병 속 꿈을 파는 방랑자」「그림자를 찍는 사진사」「나미브사막에서 온 물구나무 딱정벌레」「순간 수집가」「무당벌레」「질스 마리아 숲 절벽에서 만난 글뤽 할아버지」 등, 바오밥나무와 그들 모두는 말 건네기를 통해 서로의 존재를 찾아갑니다. 진정한 말 건네기는 우리로 하여금 존재의 본질을 생각하게 하고, 어느 순간 우리 눈빛을 반짝이게 합니다.

동화를 쓰는 내내 마음에 찍힌 화인처럼 텍스트를 이끄는 표식이 둘 있었는데, 하나가 시인 횔덜린의 "우리는 해석되지 않은 채 하나의 표지로 있다"라는 말입니다. 나는 표지로 있는 해석되지 않은 인간에 대해 동화적 존재론을 묻고 싶었습니다. 상처받고 좌절하고 고독하고 쓸쓸하지만, 결핍된 생의 시간을 견뎌내며 온몸으로 삶을 밀고 가려 애쓰는 바오밥나무와 방랑자는, 우리의 또 다른 생을 살고 있는 낯선 우리일지도 모릅니다. 횔덜린의 저 시구를 온전히 이해하기는 어려울지라도 그 말이 마냥 좋은 것은, 우리는 해석되지 않은 하나의 표지이기에 상상할 수 있는 자유로운 유희로 마음껏 사유할 수 있다는 역설이 가능하기 때문입니다.

『바오밥나무와 방랑자』를 쓰며 마음에 찍힌 또 하나의 화인은 "난 언제나 나를 순수하게 해주는 곳으로 가고 싶다"라는 생텍쥐페리의 말입니다. 현재의 차라투스트라이거나 혹은 미래의 차라투스트라일 수도 있는 바오밥나무와 방랑자는 한결같이 자기 자신을 순수하게 해주는 곳으로 가고 싶어 합니다. 그러나 나를 언제나 순수하게 해주는 곳은 밖에 있지 않고 안에 있다는 것을 글을 쓰며 알았습니다. 아름다운 추상화 같은 저 말을 내게 전해준 생텍쥐페리의 진의도, 우리를 순수하게 해주는 곳은 순수한 곳을 보려 하는 네 마음에 있어!라는 것일지 모르니까요. 우리의 낯선 모습이기도 한 바오밥나무와 방랑자가 "영원한 평야 끝에 올라가는 위대한 새벽빛"처럼 우리를 날아오르게 하기를 꿈꾸어봅니다.

4

화가도 아니면서 철없이 그림을 그려 넣은 것은, 그림은 글쓰기의 또 다른 유희이며 메르헨Märchen(동화)에 숨겨진 또 하나의 언어란 생각에서입니다. 사람은 누구에게나 심연이라는 신비한 우물이 있고, 그곳에는 아직 길어 올리지 못한 샘물이 무진장 있습니다. 내 안에 은폐된 샘을 찾아서 우물의 봉인을 풀고 물을 길어 마시듯 그림을 그렸습니다. 비록 투박하고, 못나고, 어색하기 짝이 없는 이상한 그림들이지만 "모든 사람은 예술가다"라는 요제프 보이스의 말에 용기를 얻어 그만 엉뚱한 일을 벌였습니다. 본래 모든 사람은 한 사람의 시인이며 화가입니다. 어쩌면 아름다움이란 것도 그렇게 고상한 것만은 아닌, 사실은 추에서 울퉁불퉁하게 태어난 길가 돌멩이일지도 혹은 고통이 남기고 간 쾌快의 선한 모습일지도 모르니까요.

나는 비록 행성이 되지 못하고 밀려나 햇빛 한 줌 닿지 않는 우주를 46억 년쯤 떠도는 울티마 툴레에서 왔지만, 아직 별이 되지 못하고 꿈을 이루지 못한 수많은 친구들에게 이 동화를 바칩니다. 별이나 꿈은 언젠가 삶을 반짝이게 할 섬광이며, 우리에게 좋은 날을 오게 할 기다림이고, 미완의 시간을 완성시켜줄 생의 원소니까요. 그리고 내면이라는 또 하나의 아름다운 외계에서 온 순간 여행자 바오밥나무와 방랑자에게도 이 글을 바칩니다. 그들은 내 안에도 있고, 당신 안에도 있고, 세계 어디에도 있는 또 다른 우리니까요.

'삶에 대한 감사Gracias a la Vida'로 『바오밥나무와 방랑자』를 썼습니다. 뙤약볕 나무 그늘 풀에 가만히 있던 무당벌레 말을 들어주고, 나무를 쉼 없이 쪼던 딱따구리와 이야기를 나누던 일, 빈집 담벼락을 느릿느릿 올라가더니 어느 날 홀연히 먼 바다로 여행을 떠난다는 달팽이, 고리를 만들며 희한하게 나뭇잎 사이를 기어가던 자벌레, 해거름 녘 바람에 실려 낯선 세계를 향해 날아오르던 엉겅퀴 홀씨, 그리고 제비꽃 핀 봄날 동네 길모퉁이에서 색색의 유리병을 팔던 아저씨…… 동화 속에서 만난 그들에게도 감사한 마음을 갖는 것은, 그들 모두가 우리의 낯선 자화상일 수 있기 때문입니다.

나는 설렘을 품고 다시 울티마 툴레를 지나 우주 어딘가를 방랑할 것입니다. 어느 별 길모퉁이에선 낡은 신발을 수선하고, 어느 별 황야에선 반짝이는 별을 보며 길을 찾고, 어느 별 강가에선 그리운 이름들을 떠올리며 꽃씨를 심고, 어느 별 카페테라스에선 한 잔의 커피를 마시며 그림엽서를 쓰고, 어느 별 바오밥나무 아래선 미처 못다 쓴 동화를 다시 쓸 것입니다. 동화는, 상처받고 결핍된 세계에서 이루지 못한 꿈을 꾸는 사람들의 잠자리를 포근하게 덮어주는 꿈 이불이며, 무의미한 세계를 비추는 거울이니까요!

2020년 나리꽃 향기 짙은 칠 월
남녘 숲 마을에서

차례

3부

1부

유리병 속 꿈을 파는 방랑자

버려진 꿈을 모으는 방랑자가 있습니다.

방랑자는 사람들이 버린 꿈을 모아 색색깔의 유리병에 담아 두었습니다. 빨간색 병에는 고장 난 꿈, 파란색 병에는 꾸다 만 꿈, 연두색 병에는 잃어버린 꿈, 보라색 병에는 불안한 꿈, 노란색 병에는 깨진 꿈, 초록색 병에는 이루어야 할 꿈, 주황색 병에는 아픈 꿈, 투명한 병에는 도둑맞은 꿈이 들어 있습니다.

캄캄한 밤이면 방랑자는 긴 외투에 모자를 쓰고 한 손엔 지팡이를 들고 어깨엔 자루를 멘 채, 눈 쌓인 마을 위를 날아다니며 주인 없는 꿈을 수집합니다. 암실에서 사진을 인화하듯, 소복이 눈 쌓인 밤이면 갈 곳 없는 꿈들은 눈 속에 오롯이 차오르거든요.

사람들은 왜 꿈을 쉽게 버리는지 모르겠어요. 방랑자의 자루 속엔 보물 같은, 그러나 수선해야 할 오래된 꿈들이 한 아름 담겨 있습니다. 방랑자는 다양한 꿈들을 손질한 후 따뜻한 숨결을 불어넣어 유리병에 나눠 담습니다. 그러면 녹슬고 부서진 꿈, 구멍 나고 닳아 빛바랜 꿈, 외로움에 야윈 꿈, 병든 꿈, 상처받아 좌절한 꿈, 이루지 못한 소망 담은 꿈, 버림받은 꿈, 무엇을 해야 할지 모르는 꿈들이 눈부신 색깔로 변신한답니다.

방랑자가 유리병을 펼쳐놓고 꿈을 팝니다.

"고무마개 달린 색색깔의 유리병들이 참 예쁘네요. 병 장수이신가요?"

바오밥나무가 물었습니다.

"꿈 장사를 하고 있지요."

"꿈 장수라고요! 꿈을 파는 사람도 있나요?"

바오밥나무는 처음 듣는 소리라 신기했습니다.

"이 유리병 속에는 사람들이 버린 꿈이 들어 있거든요."

방랑자는 꿈이 든 유리병을 들어 보이며 말했습니다. 숲을 지나온 햇빛 한 줄기가 유리병에 싱그러운 빛살 무늬를 새겨서인지, 빨간색 유리병은 담장에 핀 장미 같았습니다.

"아, 유리병이 정말 아름답군요! 투명한 유리병에 들어온 햇살은 영원한 시간 머금은 달 항아리 빛깔 같고요, 청보랏빛 파란색 병은 수수꽃다리 빛깔 같아요. 보라색 병에는 각시투구꽃이 자랄 것 같고, 노란색 병은 할머니 무명 치마에 물든 치자빛 같아요. 그런데 꿈은 어디 있나요?"

바오밥나무가 병을 요리조리 보았지만 꿈은 보이지 않았습

니다.

"유리병에서 꿈틀거리는 꿈이 안 보이나요?"

방랑자는 손짓으로 병 안을 가리켰습니다.

"어디요? 꿈이 어디 있는데요?"

한참 동안 병을 보던 바오밥나무가 병을 거꾸로 돌려보고 흔들어도 보았지만 아무것도 보이지 않았습니다.

"꿈은 그렇게 눈으로만 보면 보이지 않거든요. 바오밥나무님은 자신의 내면을 본 적 있나요? 겉으로 보이는 모습은 외면일 뿐 진정한 자아는 아니랍니다. 어쩌면 우리는 자기 자신 앞에서도 낯선 이방인일지 모릅니다. 사람들 사이의 낯섦과 자기 안의 낯섦을 떠도는 이방인이 바로 우리들이죠. 꿈도 마찬가지랍니다. 꿈은 자신이 꾸는 것이지만, 내면의 열정이 식으면 이방인처럼 낯설게 머물다 떠납니다.

사실 꿈이 떠나는 게 아니라 자기가 슬그머니 꿈을 놓은 것이지요. 세상에는 의외로 버려진 꿈, 주인 잃은 꿈, 입으로만 말하는 꿈, 어찌할 줄 모르는 꿈, 겉모습만 꿈 빛깔인 꿈, 허영심뿐인 꿈, 갈 곳 없는 꿈이 많답니다. 어쩌면 꿈이야말로 세상을 떠도는 진정한 이방인인지도 모릅니다."

바오밥나무는 유리병에 꿈을 담아 파는 방랑자 말을 듣더니 '아! 나야말로 나의 이방인, 당신의 이방인, 세상 속의 이방인인지도 몰라' 하고 짧게 탄식했습니다.

꿈을 파는 방랑자는 바오밥나무의 탄식을 느꼈는지 "유리병 안에 든 꿈을 보는 법을 알려드리지요" 하곤 병을 번쩍 들어 올렸습니다.

"유리병 안의 꿈을 보려면 우선 간절한 마음이 있어야 합니다. 순금보다 빛나는 그리움과 동경을 유리병 안의 꿈에 물들게 해야 합니다. 꿈이 단박에 보인다면, 그건 꿈이 아니라 투기심이 빚은 욕망이지요."

바오밥나무는 조금 쉽게 말해달라고 했습니다.

"그리움과 동경을 꿈에 투사하여 자기 안에서 오랜 시간 뜸 들여야 한다는 말입니다. 수백 년 된 바이올린도 쓰지 않고 놔두면 아무리 명기라 해도 제 소릴 못 낸다고 합니다. 바이올리니스트 이자벨 파우스트도 70년 넘게 잠들어 있던 스트라디바리우스 바이올린의 소리를 찾는 데 5년여 세월이 걸렸다지요. 무엇이든 자기 것이 되기 위해선 절대적으로 공들이는 시간이 필요해요. 꿈도 마찬가지랍니다. 바오밥나무 친구!"

바오밥나무는 꿈을 파는 방랑자의 말을 들으며 골똘히 생각에 잠겼습니다.

'잃어버린 꿈…… 열정이 식은 꿈…… 고장 난 꿈…… 꾸다 만 꿈…… 아파하고 있는 꿈…… 불안한 꿈…… 침묵 중인 꿈…… 잠자는 꿈…… 도둑맞은 꿈…… 그러면 과연 내 꿈은 어떤 것일까? 꿈이 차오르기까지 나는 무엇을 해야 할까?'

그림자를 찍는 사진사

멀리서 방랑자 한 사람이 찾아왔군요.

그는 집도 없이 세상을 떠돌아다니는 사진사였습니다. 가진 것이라곤 손때 묻은 시집과 몽당연필, 낡은 수첩, 흑백필름과 구닥다리 카메라뿐이었습니다. 사진사는 의도적으로 연출하여 찍은 사진, 즉 장미꽃을 겨눈 권총이라든지, 죽은 사람의 관 위에 놓인 전화기, 독수리 머리를 한 피에로, 불타는 태양을 뒷발로 굴리는 쇠똥구리, 머리를 땅에 대고 거꾸로 걸어 다니는 코끼리, 가을이면 밤하늘에 사다리를 놓고 올라가 잘 익은 달과 별을 따는 사람처럼 요즘 유행하는 포스트모던이나 초현실주의 사진을 찍지 않았습니다.

사진사는 아이들이 뒷골목 담장에 쓴 낙서, 철근을 휘고 있는 노동자, 물안개 피어오르는 섬, 폐쇄된 탄광의 정적, 시장 좌판에서 고등어를 파는 아주머니, 불 꺼진 연극 무대, 사람들이 떠난 빈집 창문이나 씀바귀꽃 핀 해 저물녘 숲길, 시골집 담장

등을 찾아다니며 사진기에 담았습니다. 그래서인지 사람들은 한물간 것들을 찍는 사진사를 별로 알아주지 않았습니다. 외로움이 깊었던 사진사는 바오밥나무를 찾아왔습니다.

바오밥나무는 환한 웃음을 지었습니다.

누군가에게 환한 웃음을 보이면 상대의 마음을 받아들인다는 뜻입니다. 나무는 바람을 받아들일 때 바람의 색깔이나 모양, 세기를 따지지 않습니다. 그런 것을 생각하다 보면 자기도 모르게 영혼이 막혀 영혼의 부싯돌을 켤 수 없거든요. 마음을 받아들인다는 건, 서로가 영혼의 부싯돌을 켜 마음의 불을 지핀다는 의미니까요.

나무는 아무리 여린 미풍일지라도 한쪽 잎사귀 끝을 살짝 들어 올려 바람의 마음을 안아줍니다. 설령 바람 한 점 없는 날일지라도 바람이 전하는 신호를 마음으로 느껴 잎사귀마다 작은 창을 열어둡니다. 나무는 바람에게 지었던 미소를 가난한 사진사에게도 지어 보였습니다.

"무슨 풍경을 찍고 있니?"

바오밥나무는 사진사의 작업이 궁금했습니다.

"그림자를 찍고 있어."

"그림자를?"

"응. 사람들과 사물의 그림자 말이야."

그림자를 찍는다는 게 좀 의아했는지 바오밥나무는 갸우뚱

한 표정을 지었습니다.

"그림자를 왜 사진에 담는데?"

"그림자는 거짓말을 안 하거든."

"아!"

바오밥나무는 자신도 모르게 탄성이 나왔습니다.

"사람들은 멋진 옷과 아름다운 장식품, 화려한 화장술로 치장해서 사진에는 진실이 잘 안 나오거든. 꽃이 화장을 한다고 생각해봐! 나무들이 멋진 옷을 입고 장식품을 달았다고 생각해봐! 나비는 고치 속에서 모든 것을 견디며 꿈을 꾸고 있어. 한 생을 밀고 갈 꿈…… 망상이라도 좋아. 꿈을 꾸는 한 우리의 영혼은 유토피아에서 이리로 건너오는 생명을 호흡할 수 있지. 자루처럼 길쭉한 고치가 겉보기엔 우중충해 보이지만 엄청난 생명을 품고 있잖아. 고치는 파란 하늘을 훨훨 날아다니는 나비의 화려함이 숨은 꿈의 집이지. 그림자에는 꿈을 꾸는 나비의 비상이 숨어 있거든. 난 그걸 찾고 있는 중이야."

사진사는 낡고 오래된 카메라에 필름을 갈아 끼우며 말했습니다.

바오밥나무는 사진사가 보여주는 사람들 그림자를 신기한 듯 보았습니다. 사진사의 말대로 그림자에는 앞모습에서 볼 수 없던 진실이 담겨 있었습니다. 어떤 아이 그림자에선 작은 시냇물 닮은 은하수가 한 줄기 빛났고, 어떤 여자 그림자에는 별 모양의 새하얀 산딸기꽃이 피었습니다. 들일하러 가는 엄마 그림자에는 황금 들녘이 지평선까지 뻗어 있고, 생선 가시처럼 억센 수염을 가진 어부 그림자에선 넘실대는 금빛 햇살이 그물에 비쳤습니다.

"그럼, 사람들 그림자에 숨은 꿈은 어떻게 사진에 담는데?"

바오밥나무는 그림자에서 꿈을 추출하는 방법이 궁금했습니다.

"사실 나도 잘은 몰라. 한 가지 분명한 건, 어머니가 조각난 헝겊을 이어 하나의 조각보를 완성하듯 지극히 따뜻한 마음으로 그림자를 바라보아야 해. 사람들은 길을 잃고 별을 찾고 있거든. 사람들이 외로운 건 길을 잃어버렸기 때문이야. 깊고 푸른 사막의 밤이 찍힌 사진을 보여주면 사람들은 자신이 잃어버린 길을 떠올리곤 해. 나는 사진에 미개척의 항로를 찾아가는 신비한 마법이 있다고 생각하거든. 사람들이 자신의 그림자에 생긴 상처를 수선하여 꿈을 찾아가도록 하는 신기한 마법 말이야. 사진이 보이지 않는 세계의 꿈을 눈앞에 펼쳐 보이는 것이라고 믿고 있어."

"넌 마음의 상처를 치료하는 사진사구나!"

사진사의 말을 듣던 바오밥나무가 말했습니다.

"사람들의 그림자에는 상처가 많지. 꿈을 찾아가는 길에서 얻은 상처 말이야. 상처가 덧나기 쉬운 건 상처 안쪽에 꿈이 자

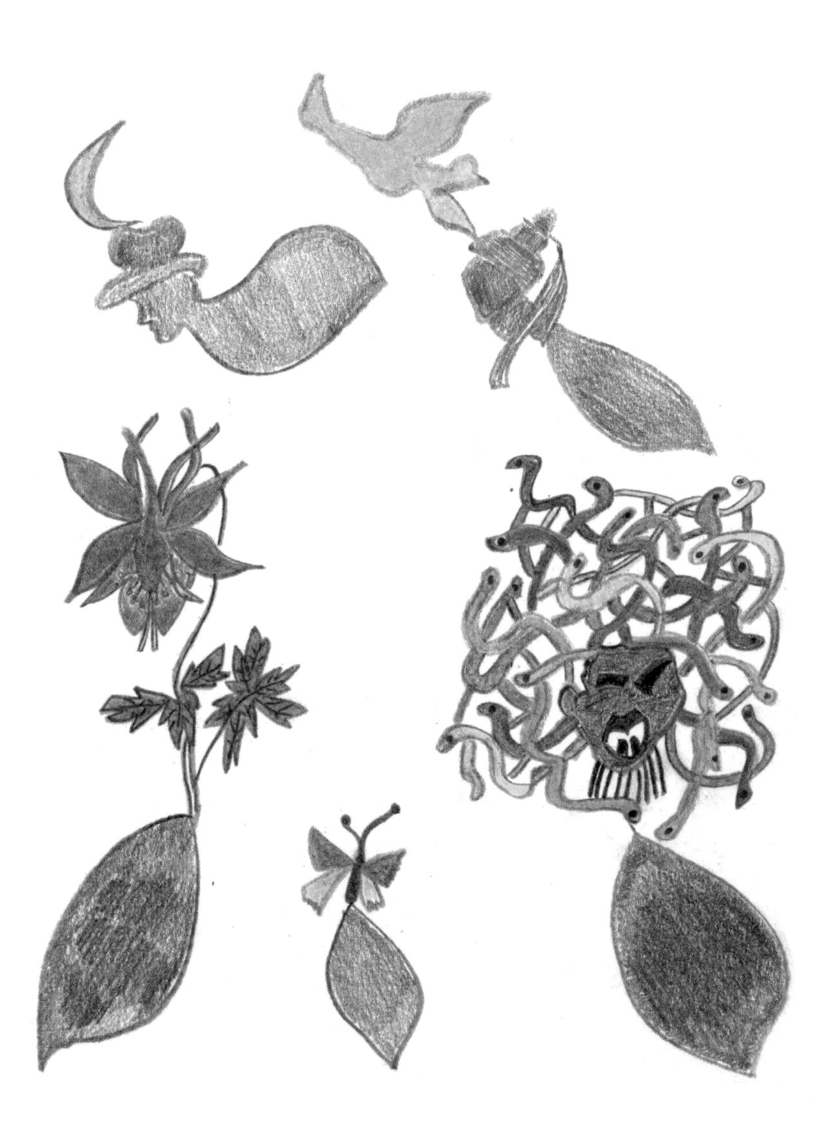

라고 있기 때문이야. 난 사람들의 그림자에 생긴 상처를 찍어 그들에게 보여주지. 그러면 사람들은 자투리 헝겊을 이어 붙여 조각보를 만들 듯 스스로 상처를 수선하여 꿈을 완성해가거든. 사진사는 생의 길목에 쉼표를 찍어주는 사람에 불과해. 결국 마침표는 자기 자신이 찍는 것이지. 하지만 꿈에 마침표가 있는지는 잘 모르겠어……"

바오밥나무는 이야기를 들을수록 사진사가 좋아졌습니다. 그와 친구가 되고 싶었습니다.

"해님이 돌아간 밤에도 사람 그림자를 찍을 수 있어?"

"응. 사진은 침묵에서 길어 올린 시, 즉 말하지 않는 언어야. 해가 지면 사람의 그림자는 침묵에 들어 나오지 않을 뿐, 존재하지 않는 건 아니야. 그러니 내가 먼저 말을 걸어야 해. 그런데 말을 건넬 땐 마음이 따뜻해야 하거든. 보리밭에서 높이 날아올라 노래하는 종다리처럼 진실해야 하고…… 침묵의 세계에서 침묵으로 써진 시를 길어 올린다고 생각해봐! 눈에 보이는 것들은 진리의 베일 밖으로 드러난 머리카락 같으니까. 세상에 감춰진 진리가 침묵 중이듯, 그림자에는 내가 모르는 신비가 숨겨져 있거든."

사진사가 사진의 그림자에 든 꿈과 상처, 침묵 가득한 공간을 가리키며 말했습니다.

사진사는 다시 그림자를 담으러 숲으로 떠나는군요.

바오밥나무는 나무들의 그림자도 사진에 담아보라는 말을 하고 싶었지만 침묵했습니다. 때로는 기다려주는 것이, 그이의 내면에서 무언가가 다시 차오를 때까지 침묵하는 것이, 백 마디 말보다 그를 진정으로 사랑하는 방법이라는 것을 알기 때문이지요.

나미브사막에서 온 물구나무딱정벌레

나미비아의 사막에 사는 물구나무딱정벌레가 바오밥나무를 만나러 왔습니다.

물구나무딱정벌레 고향은 아프리카 서남부 대서양의 해안사막 나미브입니다. 물구나무딱정벌레는 고비사막을 지나 카라반과 여행을 하는 쌍봉낙타의 혹에 앉아 오다가, 어느 길목부터는 초원을 횡단하는 거북 등에 올라 머나먼 여정을 즐기고, 고단한 몸이 힘에 부칠 때면 사막에 핀 자이타 꽃그늘에 숨어 햇빛을 피하기도 했습니다. 그러면 진분홍 자이타꽃에 앉아 있던 큰곰선장나비가 물구나무딱정벌레를 태우고 폴폴 날아올라 모래언덕을 넘게 해주었습니다.

어느 날은 달빛 밟으며 산책을 즐기는 사막여우의 큰 귀에 들어가 이동을 하고, 또 먹구름 낀 날은 사막에 사는 꿩과 메추라기개똥지빠귀의 날개를 타고 모래 산과 모래 바다를 건넜습니다. 먼 여행길에 사막에 사는 친구들이 큰 도움이 되었던 것이지요.

물구나무딱정벌레가 숲에 도착했을 때, 바오밥나무는 한 젊은이와 이야기를 나누고 있었습니다. 물구나무딱정벌레는 이야기가 끝나길 기다렸습니다.

"안녕, 바오밥나무님!"

"안녕, 물구나무딱정벌레님!"

"진지한 이야기 중이신가요?"

물구나무딱정벌레가 묻자 바오밥나무는 젊은이의 고민을 들려주었습니다.

바오밥나무의 이야기인즉, 그 젊은이는 목적도 없이 세계를 떠돌다가 세상의 끝에 이르면 바람이 될 생각이었습니다. 그는 아직 젊었지만 변변한 직장도 없고, 대학 시절 예술과 철학을 공부했지만 그것은 영혼을 갉아먹을 뿐 젊은이에게 화려한 면류관을 씌워주지 않았습니다. 오히려 예술은 사회생활의 덫이 되었고 철학은 무너져 내리는 삶의 중심을 잡아주지 못했습니다. 하는 일마다 실패의 연속이었으니 그에게 세상의 벽은 높기만 했습니다. 그는 자신의 허무한 생을 놓아줄 생각으로 마지막 여행에 나섰던 것입니다.

바오밥나무의 말을 듣던 물구나무딱정벌레는 갑자기 젊은이를 향해 물구나무를 섰습니다.

"지금 뭐 하시는 거죠?"

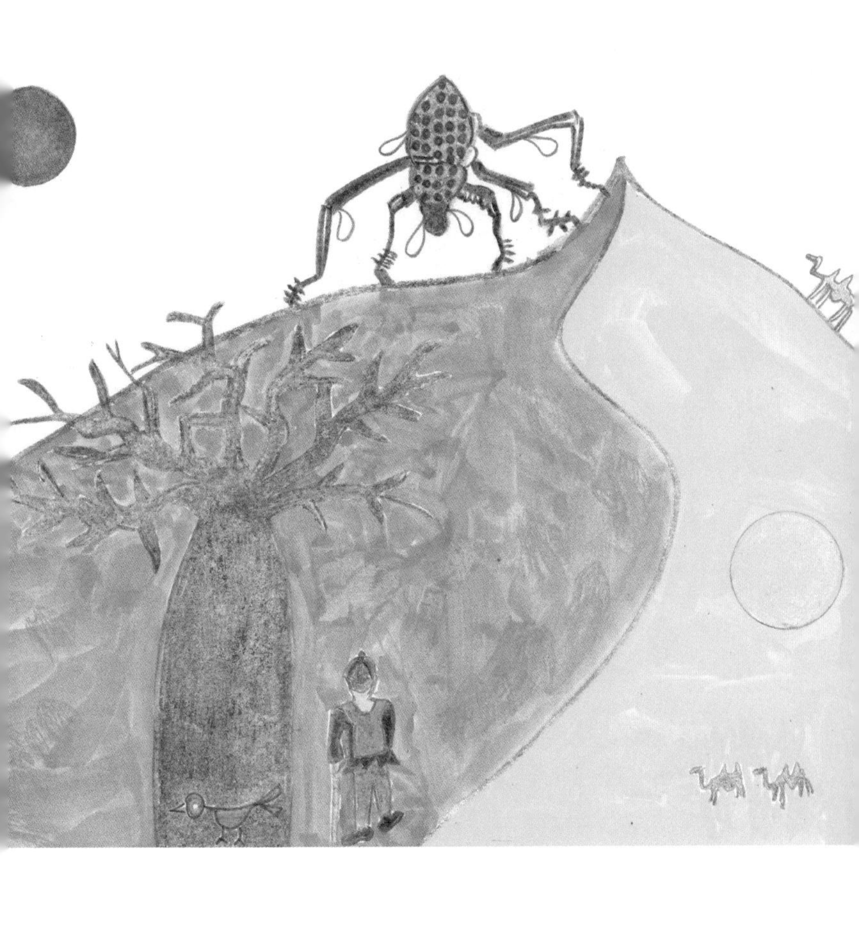

깜짝 놀란 젊은이가 물었습니다.

"사막에서 사는 법이지요."

물구나무딱정벌레가 말했습니다.

"사막에서 사는 법이라뇨! 그런데 웬 물구나무죠?"

젊은이가 다시 묻자 물구나무딱정벌레는 거꾸로 선 채 말했습니다.

"나는 섭씨 40도의 뜨거운 사막에서 살기 위해 바다 안개가 낀 아침이면 물구나무를 서서 바람 부는 쪽으로 등을 세웁니다. 그러면 내 몸에 달라붙은 안개가 어느 순간 무게를 이기지 못해 등줄기를 타고 입으로 흘러내립니다. 나는 그 물을 먹고 살지요."

물구나무딱정벌레가 말을 마치자 젊은이의 "아!" 하는 감탄이 나왔습니다.

나미브사막에 사는 '스테노카라'라는 이름의 물구나무딱정벌레는 엄혹한 사막에서 살아가기 위해 몇억만 년인지 모르는 시간 동안 진화하며, 미세한 안개 방울을 생명수로 얻는 지혜를 찾은 것입니다.

물구나무딱정벌레 등에는 아주 미세한 돌기가 촘촘히 나 있어 돌기의 끝부분은 자석에 쇳가루가 붙듯 물방울이 잘 달라붙는다고 합니다. 처마 끝에 모인 빗물이 홈통을 타고 흘러내리듯, 중력을 이기지 못한 안개 방울은 신기하게도 물구나무선 딱정벌레의 입안으로 흘러들겠지요.

물구나무딱정벌레는 젊은이에게 같은 사막에 살고 있는 친구 얘기도 들려주었습니다.

"나미브는 해안사막이지만 좀체 비가 내리지 않는답니다. 그런데 이런 극한 환경에서도 2천 년을 사는 내 식물 친구가 있어요."

"세상에! 2천 년이나 산다고요?"

젊은이는 물구나무딱정벌레의 말이 믿기지 않았습니다. 하긴 그럴 만도 하죠. 2천 년이나 사는 식물이 사막에 있다니 말입니다.

"그 친구 이름은 '웰위치아'입니다. 2천여 년을 산다니 살아 있는 화석이지요. 줄기 지름 1미터에 잎 길이 3미터나 되는 커다란 잎사귀를 늘어뜨리고 죽은 듯 널브러져 있는 이 기이한 식물은 나처럼 안개나 이슬을 빨아들여 살아갑니다. 물이 없는 곳에서 물을 얻기 위해 잎사귀가 그렇게 거대해진 것이죠. 이처럼 삶은 언제나 경이로운 비밀을 간직하고 있답니다."

물구나무딱정벌레의 말을 듣던 젊은이는 정신이 번쩍 들었습니다. 2천 년을 사는 식물 이야기도 놀랍지만, 그것보다 물구나무서서 세상과 맞서는 생존법을 찾은 딱정벌레 때문입니다.

"세상을 살아가며 길이 안 보일 때는 거꾸로 물구나무를 서 보세요. 사막은 죽음의 그림자를 드리운 모래 바다가 아니라 생명체가 숨 쉬는 삶의 터전입니다. 길이 없다고 생각하지만 사막에도 보석 같은 길이 숨어 있습니다. 잘 보이지 않을 뿐이지요."

물구나무딱정벌레의 말에 바오밥나무도 맞장구를 치며 거듭니다.

"사하라사막은 6,500만 년 동안이나 거대한 바다였다고 합니다. 사막이 그렇게 광대한 시간 동안 바다였다니 놀랍지요. 눈앞에 펼쳐진 현실은 우리의 상상을 초월하여 이미지의 반란을 일으키곤 합니다. 지금도 마찬가지랍니다. 사막은 죽어 있는 거대한 공룡 같지만, 실은 끊임없이 변화하고 있거든요. 사막은 수많은 길을 만들고 있어요. 온몸으로 길을 찾고자 하는 이에게만 보이는 그런 길을 말이에요."

"다시, 길을 떠나야겠어요." 젊은이가 말하자 "어디로요?" 하고 물구나무딱정벌레가 물었습니다.

"물구나무서서 맞설 수 있는 세상 속으로요. 극한 속에서도 물구나무선 채로 안개 방울을 모으는 세상 속으로요! 부끄럽게도 그런 방법이 세상에 틈입하는 또 다른 길이란 걸 미처 생각하지 못했습니다. 저는 세속적인 출세만 고민하며 이루어지지 않는 꿈으로 고통받았지, 삶에는 여러 갈래 길이 있고 그 길을 열기 위해선 한계상황에 맞서 온몸으로 길을 내야 한다는 것을 알지 못했습니다. 삶의 진화는 튀밥처럼 뻥 튀겨지는 게 아니라, 사막 한가운데에서 물구나무를 선 채로 안개 한 방울이 흘러내리길 기다리는 처절한 풍경이라는 것을 깨달았습니다. 오래전

수첩에 적어둔 글이 있었는데 그동안 까맣게 잊고 지냈군요.

> 모든 생명체들은 진화한다.
> 심해 더운물을 뿜는 구멍에서 처음 탄생한
> 43억 년 전의 박테리아 역시
> 단 한순간도 진화의 시계를 멈춘 적이 없다.

잊고 살았던 기억을 되새겨보니 참으로 치열한 글이네요. 물구나무딱정벌레님이나 2천 년을 사는 당신의 친구 웰위치아에게 어울리는 말이군요. 안개 한 방울 한 방울을 생명수로 바꾸기 위해 물구나무선 당신에게 경외감을!"

젊은이는 물구나무딱정벌레에게 감사의 말을 남기고 떠났습니다.

바오밥나무는 젊은이가 사라질 때까지 물구나무딱정벌레와 함께 지평선을 바라보았습니다. 물구나무딱정벌레는 손때 묻은 책 한 권을 들고 있었는데, 길 떠나기 전 젊은이가 선물한 것입니다. 나뭇잎이 꽂힌 책갈피를 펼치자 밑줄 친 글이 보였습니다.

> "우연은 존재하지 않는다. 일어나는 모든 것은 의미가 있다."
>
> —니체

불완전함을 가르치는
에른스트 감펠 씨의 나무 그릇

감펠은 열일곱 살에 목수 수습공이 되어 나무를 깎고 다듬는 일을 배웠습니다.

그가 첫 몇 년 동안 한 일은 고작 나무를 건조시키는 일이었습니다. 빈센트 반 고흐가 그림을 그린 첫 몇 년 동안 붓 한 번 잡지 않고 색채 이론만 공부한 것처럼, 감펠도 연장 잡는 것은 꿈도 꾸지 못하고 아름드리나무 말리는 일만 배웠습니다. 나무와 친해지기 위해서는 나무한테 마음을 여는 것이 우선이었습니다.

감펠은 미술대학 문 앞에도 가보지 못해 예술로서의 목공예나 그리스 고전 조각의 균형과 비례미 같은 것은 배운 적도 없습니다. 하지만 그는 홀로 나무들 속에서 아름다움을 찾으며 마음의 백지장에 연필로 나무와의 대화를 그렸습니다. 그에게는 나무만 한 예술품이 없었습니다.

뮌헨에서 나고 자란 감펠은 독일 남부의 알프스산맥 고원지대를 오가며 나무들과 생활했습니다. 숲이 울창한 산마루와 계곡에는 수백 년 된 나무들이 빼곡히 들어서 있고, 청록색으로 빛나는 어린 나무들은 조금이라도 햇빛을 더 받기 위해 위로 뻗어 오르고 있었습니다. 숲은 나무들의 삶이 거듭나는 성장의 경연장이었습니다.

감펠은 도나우강 북쪽 비옥한 숲이 있는 뇌르틀링겐으로, 슈바벤 알프스 고산 초원의 삼림과 호수로 떠돌며 나무들이 생장하는 이치와 나무들이 역경을 극복한 흔적과 나무들이 상처 속에서 아름다워지는 법을 관찰하고 기록했습니다. 그렇게 나무 순례자가 된 감펠은 나무들과 이야기하며 30년을 지냈습니다. 그사이, 그도 어엿한 목수 마이스터가 되었습니다. 하지만 감펠은 여전히 직접 자기 손으로 나무를 건조시키며 고독한 공방에서 작품을 만들고 있습니다.

감펠과 바오밥나무는 오랜 친구입니다. 열일곱 살 청년 감펠이 목수 수습공으로, 목수로, 예술가로, 한 인간으로 성장하는 것을 지켜본 바오밥나무는 그에게 궁금한 게 많았습니다.

"감펠! 너는 왜 평생 나무 그릇만 만들어?"

"마음을 담아두려고!"

"마음을?"

"응. 나는 나무 그릇이 마음을 담는 우물이라고 생각해. 맑은 샘물이 차오르는 우물 말이야. 아주 오래전 시골집에 샘이

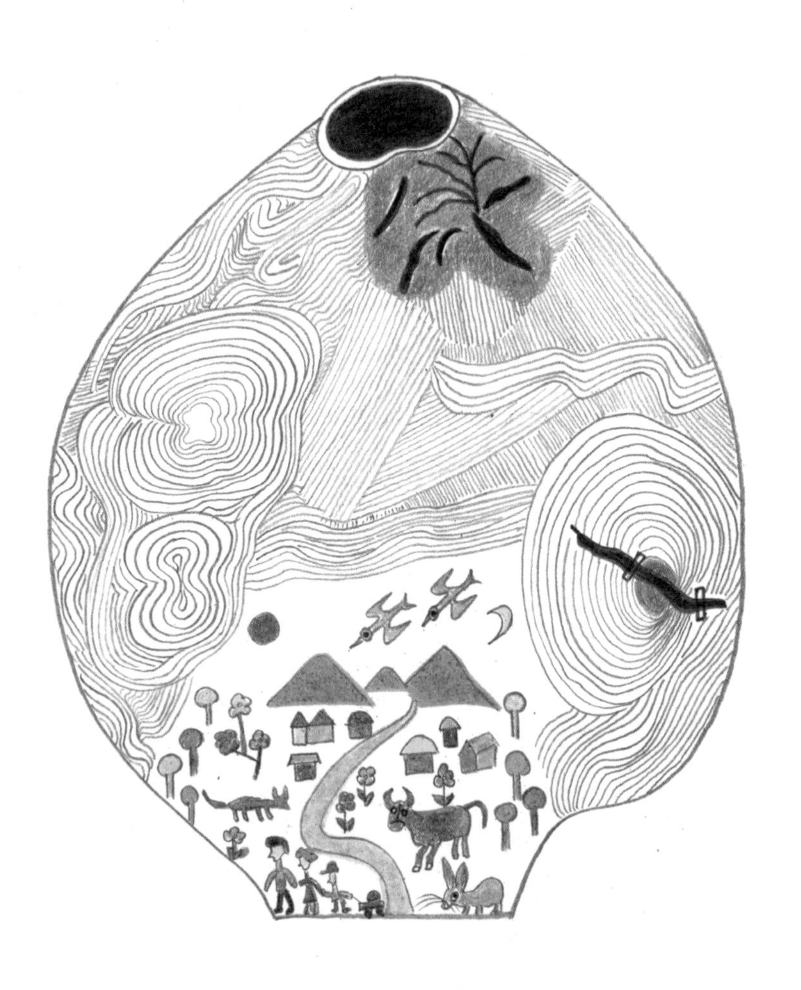

깊은 우물이 있었지. 나는 하루에도 여러 번 우물을 들여다보며 놀았어. 그 맑은 우물물에 낮이면 파란 하늘과 햇살이 비치고 밤이면 별과 달이 비치지 않겠어. 두레박으로 그 물을 떠 마시면 파란 마음이 물들고 빛살 한 조각이 마음에 박히는 것 같았어. 어스름 무렵 우물물을 긷는 어머니 곁에서 보면 우물에는 초저녁 별이 반짝이고 달빛도 걸려 있었거든. 우물에 담긴 하늘과 햇빛, 별과 달 같은 영원함을 마음에 담고 싶었어. 그래서 나무 그릇을 만들게 되었지. 나무 그릇을 만들 때마다 맑은 마음이 차오르는 우물이 되길 기원하거든."

나무를 깎던 감펠이 말을 마치자 "어쩐지 네가 만든 나무 그릇들은 원시시대나 고대 사람들이 쓰던 용기처럼 편안하고, 주술가의 비원 같은 신비함도 깃들어 있어. 나무가 자라며 생긴 균열을 그대로 안고 서 있는 커다란 나무 그릇이란 얼마나 장엄하던지! 독특한 모양들은 어떻게 생각해내는데?" 하고 바오밥나무는 감펠이 만든 수많은 그릇을 떠올리며 말했습니다.

"그릇을 만들기 전에 먼저 나무에게 무엇이 되고 싶은지 물어봐!"

"뭐라고? 나무에게 무엇이 되고 싶은지 물어본다고?"

"응!"

"나무들이 뭐라고 말하는데?"

바오밥나무는 나무에게 물어본다는 말이 재미있는지 귀를 쫑긋 세우고 친구의 대답을 기다렸습니다.

"나무들은 벌레 먹은 자국이나 옹이 박힌 자리, 줄기가 썩었거나 움푹 파였거나 금이 간 모양, 가지가 떨어져 나갔거나 부서진 흔적들을 그대로 살려달라고 말했어. 그 많은 상처의 흔적들이 자기를 지탱해온 삶이라는 거지. 말끔하게 상처가 지워져서 깨끗하게 표백된 나무는 육체의 탄력이 사라진 싸늘한 주검 같다는군.

나무가 말하길, 벌레 먹은 자국에서 풍뎅이, 사슴벌레, 장수하늘소 같은 벌레의 눈동자를 느껴보고, 나뭇결에 박힌 옹이에서 나무가 자라며 겪은 온갖 풍상을 상상해보고, 썩었거나 부서진 자국에서 스스로 치유한 나무의 생명력을 기억해보라는 거야.

나무는 자연이 주는 고통마저도 축제로 받아들이고 고통을 생명체가 한 뼘 더 크기 위한 성장통으로 생각한다는군. 자연이 남긴 상처가 나무들의 삶인데, 상처를 제거해버린 예술 작품이야말로 끔찍한 괴물이 될 것 같았어. 나는 상처투성이 나무들을 보며 불완전함이야말로 삶의 고통을 치유한다는 걸 깨달았지! 그 불완전한 마음을 나무 그릇에 담고 싶었거든!

불완전한 나무들은 자신이 불완전하다는 걸 알기에 모든 순간 꽃을 피우려고 해. 예술미라는 것도 불완전함에서 추출해내는 아름다움이 아닐까? 자연은 태생적으로 예술적 본능을 갖고 있더군. 나는 나무에서 불완전함이라는 하나의 정신을 본 것뿐이지. 내가 만드는 나무 그릇은 나무의 맑은 정령과 사람 내면의 순수한 마음 신에게 바치는 공물이거든."

"오오! 불완전함이 삶을 치유한다고!…… 불완전함이!"

친구의 마음에 감동한 바오밥나무는 자신이 나무라는 게 자랑스러웠습니다.

"쓰러진 나무들로만 작업하는 이유가 있어?"

바오밥나무는 그가 폭풍우에 뿌리째 뽑힌 300년 된 오크나무를 비롯해 쓰러진 나무들로만 작업하는 걸 보았거든요.

"살아 있는 나무들은 우주를 떠받치고 있는 또 하나의 숭고한 우주거든. 나무가 없다고 생각해봐! 별들은 어디서 노래하고, 저문 해는 들녘 어디에서 잠들고, 밤새도록 달빛은 어느 나뭇가지에 머물고, 순간은 어디에 깃들어 새로운 시작을 꿈꿀까. 그리고 숲에서 나온 사람들은 어디로 돌아갈까?

나무는 전 생애에 걸쳐 일어난 일들을 비밀 편지에 써 기록하지. 그런데 말이야, 나무는 그 비밀 편지를 자신의 생이 완성되는 죽음에 맞춰 읽어달라는 거야. 그러니 나는 쓰러진 나무들로만 작업을 할 수밖에…… 나무들은 생로병사가 끝난 상태에서 불완전함을 극적으로 보여주거든. 살아 있는 나무들을 베어 작품을 만든다는 건 예술의 사치야. 목수는 나무에 새로운 삶의 옷을 짜 입히는 사람이잖아!"

바오밥나무는 "너는 아름다운 목수구나! 불완전함을 깎고 다듬어 감추어진 미를 나무 그릇에 담아내다니!" 하고 감탄했습니다.

"어디로 가려고?"

길 떠날 채비를 하는 감펠을 보고 바오밥나무가 물었습니다.

"이탈리아로 가려고. 내가 살았던 곳에 아주 오래된 올리브 나무가 있는데 지진으로 쓰러져 있다는군. 지난봄에도 그 우둘투둘한 줄기에서 뻗어 나온 가지마다 잿빛 초록 잎 사이 흰 꽃이 피고 무수한 올리브 열매를 맺었었는데…… 그다음에는 한국의 강원도로 갈 거야. 오래전부터 말로만 듣던 금강송 숨결을 느껴보고 싶거든. 거인처럼 잠들어 있는 분단의 땅 DMZ에 천 년 된 금강송이 있다는 거야. 분단 70년 동안 아무도 모르게 금단의 땅에서 자랐다니 신비한 나무지."

"우와, 천 년 된 금강송! 금강송은 어떤 나무인데?"

바오밥나무는 감펠이 보고 싶어 하는 신비한 나무가 궁금했습니다.

"나도 자세히 몰라. 껍질이 거북 등처럼 육각형 모양이고 높이가 30미터가 넘는 소나무래. 겉은 붉은빛이 도는데 속마저 붉은빛을 띤다는군. 나무 속살에 노을빛이 물들었다고 생각해봐. 아마도 결이 곱고 단단해서 나무를 켠 뒤에도 뒤틀리거나 굽지 않고 잘 썩지도 않는 아름다운 나무일 것 같아. 예로부터 궁궐 짓는 목재로 썼다니 이 나무는 살아서 천 년, 죽어서 천 년을 사

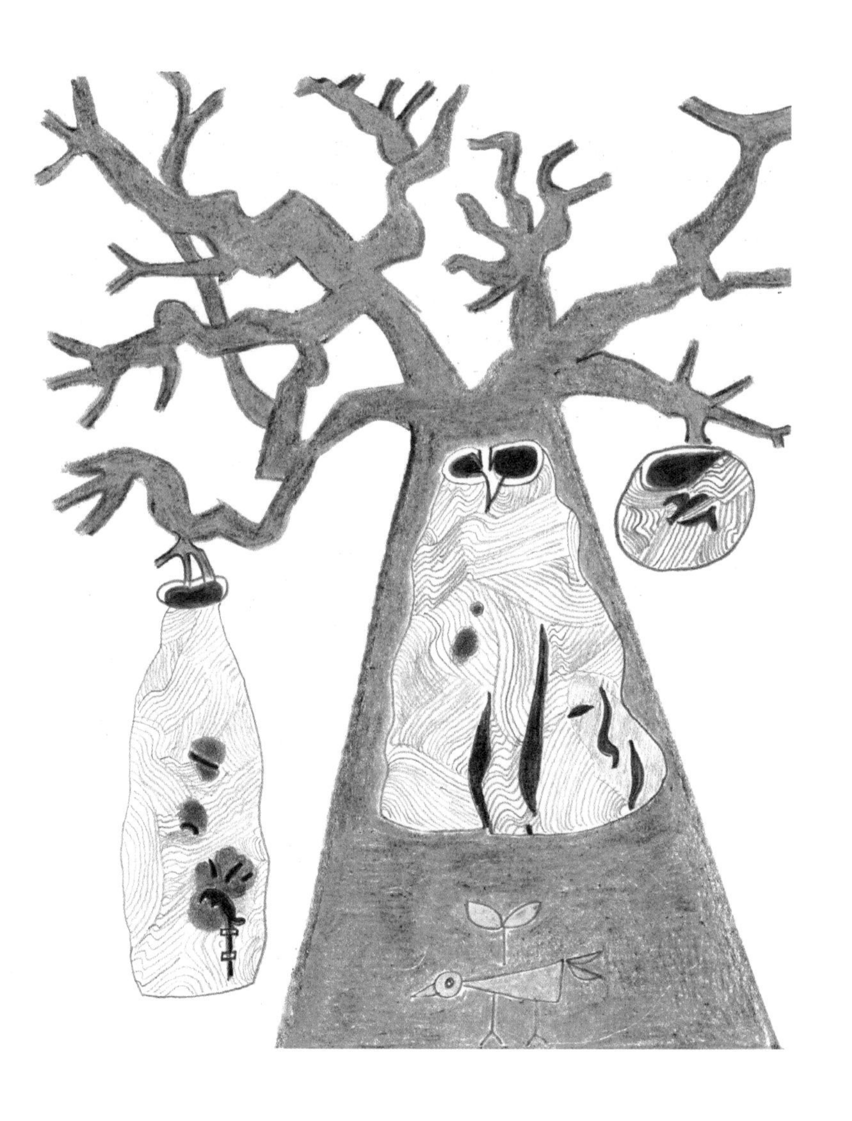

는 나무지."

"우와!"

바오밥나무가 나지막한 탄성을 질렀습니다.

"창덕궁과 경복궁을 둘러보며 주춧돌 위에 세워진 금강송 기둥, 거대한 나무 집도 보고 싶어. 또 태백산맥 줄기 따라 내려가며 울진 소광리의 금강송 숲길을 걸어볼 생각이야. 500년 넘은 소나무가 곧게 서 있는 숲길을 걷는다는 상상만으로도 발밑이 간지럽고 가슴이 두근거리거든. 한 가지 간절한 바람은, 쓰러진 금강송으로 나무 그릇을 만들고 싶은데…… 잘 모르겠어. 금강송 정령한테 소원을 빌어보는 수밖에……"

배낭을 다 꾸린 감펠은 일어서며 바오밥나무에게 인사의 말을 합니다.

"나무는 우주의 영물, 삶과 죽음마저 초월하는 신성한 존재야. 살아선 꽃과 열매와 경건함을 주고, 쓰러져서는 그 불완전함으로 사람의 삶을 치유하는 예술이 되어주고, 아름다움으로 우리를 이토록 아름답게 파괴한다!"

바오밥나무가 길 떠나는 감펠에게 웃으며 답하네요.

"너는 음유시인 같아. 나무의 삶을 노래하는 음유시인!"

바오밥나무는 혼잣말로 중얼거렸습니다.

"사람이 나무 같을 때가 있어! 세상에는 나무 같은 사람이 있어!……"

곡예사 야야 투레와 샤샤

야야 투레는 서커스단에서 평생을 보낸 곡예사입니다.

야야 투레가 달리는 말 위에서 펼치는 곡예는 신기에 가까워 사람들의 감탄을 자아냈습니다. 특히 달리는 말 위에 팔을 벌리고 서서 큰 원을 그리며 1회전, 2회전, 3회전 공중 돌기 묘기를 보일 땐 관객 모두 심장이 멎을 것처럼 얼어붙었습니다. 달리는 말의 속도를 계산해 마상에서 용수철처럼 튕겨 올라 3회전 공중 돌기를 한다는 것은, 예술과 과학이 빚어낸 총체 예술이었으니까요.

야야 투레는 서커스단에서 제일 화려한 옷을 입고 관객들의 우레 같은 박수를 그 누구보다 많이 받았답니다. 그녀는 서커스단 최고의 스타였지만, 인기에 머물지 않고 늘 새로운 기술을 연마하여 곡예를 예술의 경지로 끌어올린 점을 인정받아 서커스 단원 최초로 국가 최고훈장을 받기도 했지요.

그러나 야야 투레는 늙고 병약해져 서커스단을 나온 지 오

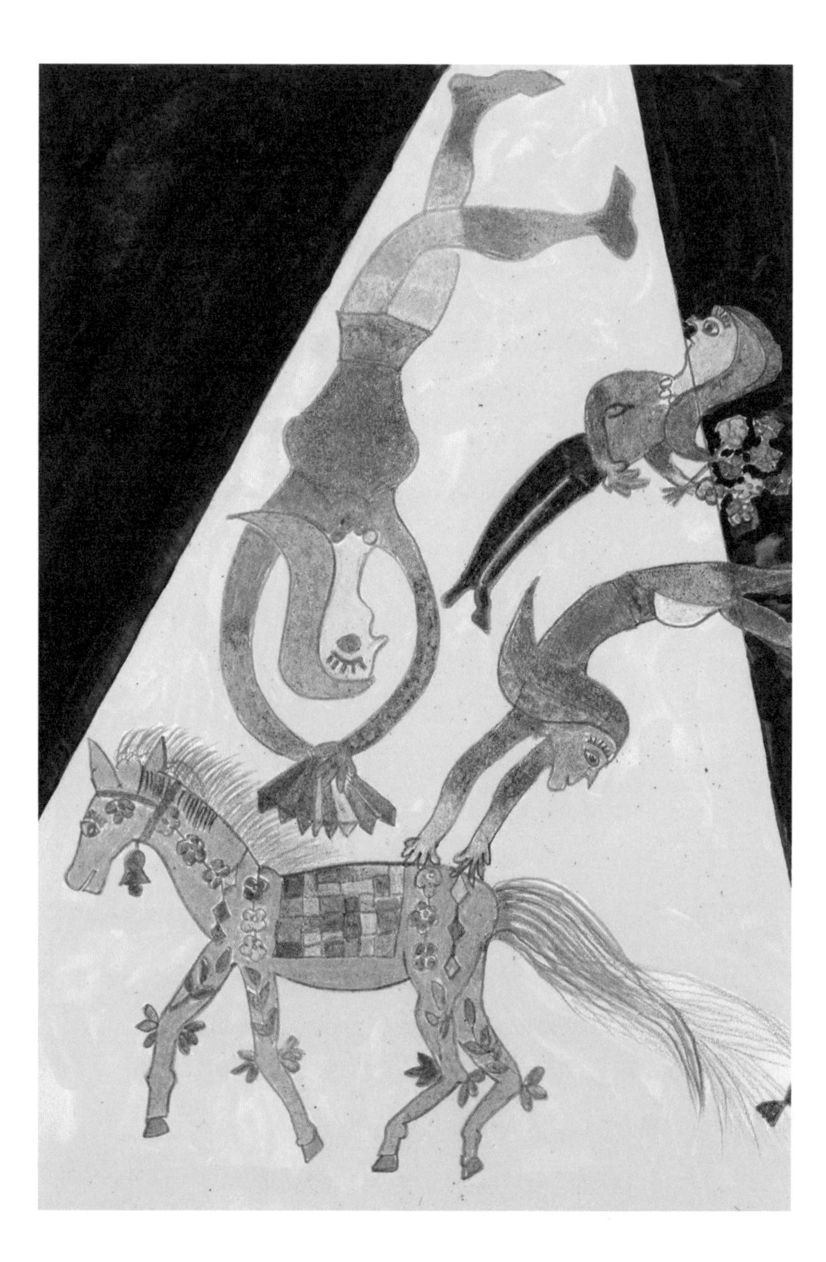

래입니다. 그녀와 평생을 함께한 애마 샤샤도 예전처럼 달릴 수도, 묘기를 부릴 수도 없게 되었습니다. 야야 투레는 더 늙기 전에 자신의 피붙이 같은 애마 샤샤와 함께 세상 구경을 하려고 길을 나섰습니다.

"널 위해 해준 게 아무것도 없구나. 그렇지, 샤샤?"

바오밥나무 그늘 아래 쉬던 야야 투레가 샤샤에게 말했습니다.

"공중 돌기 후 떨어지는 나를 받아내느라 네 등뼈는 내려앉은 지 오래…… 많이 아팠지. 미안하구나, 애야! 네 뼈를 딛고 서서…… 너로 인해 나는 빛났지만…… 내가 환호받을 때마다 너의 고통은 도끼로 뼈를 내려치는 것 같았겠지, 샤샤.

나를 원망하면서도 원망의 눈빛조차 비칠 수 없었던 너, 네가 늙고 병든 지금에야 세상 구경을 시켜준다니 말이야. 초원 끝까지 달리고 싶었지! 너도 꿈이 있었을 텐데…… 다람쥐 쳇바퀴 돌 듯 서커스 천막 안을 뱅뱅 도는 게 아니라…… 은빛 갈기를 휘날리며…… 심장이 터지도록…… 광활한 초원을 박차고 달리는 꿈!……"

야야 투레는 회한에 젖어 잠시 먼 곳을 보더니 말을 잇습니다.

"애야, 샤샤! 인생이라는 시간은 어디로 흘러간 것일까? 너의 말발굽 자국에도…… 허공에 남긴 내 발자국에도…… 머물렀던 시간이 보이질 않으니…… 시간이 허물고 간 삶이란 집은

머지않아 폐허로 변하겠지. 머지않아 난 고독 깊은 잠에 빠져 거리를 쏘다니는 먼지가 될 것이고…… 그런데 말이야…… 박수 소리! 환호성! 곡예! 사랑했던 사람들은 모두 어디로 갔지? 내 곁에 머물던 시간은…… 어느 봄날 꿈결처럼 나타났다 사라지는 나비를 따라…… 우주로 갔어…… 인생이란 시간은 해독할 수 없는 상형문자 같구나. 그렇지 않니, 샤샤?……"

샤샤는 늙은 곡예사의 심정을 이해한다는 듯 콧김을 내뿜으며 긴 혀로 그녀의 뺨을 핥고 있습니다. 야야 투레는 샤샤의 얼굴을 어루만지며 포근하게 목덜미를 끌어안아줍니다.

"여행 중이신가 보군요?"

바오밥나무가 공손히 물었습니다.

"여행을 하면 잃어버린 나를 찾을 수 있을까 해서요."

늙은 곡예사 야야 투레가 말했습니다.

"자기 자신을 상실했다고 느낄 땐 여행이 묘약이지요. 정처 없이 길을 걷다 보면, 마음 깊은 곳에서 몸이란 껍질을 뚫고 나오는 각성된 정신이 있게 마련입니다. 길 위에서 만나는 자신은 치장하지 않은, 있는 그대로의 고독한 모습이거든요."

바오밥나무가 곡예사에게 말했습니다.

"무대 위 어릿광대처럼 산 것 같아요. 그게 진정 나를 위한 삶이었는지 모르겠어요. 돌이켜보면 그렇게 살아야 한다는 굴레를 쓰고 산 것 같아요. 생을 끌고 가는 시간의 수레바퀴에 실려…… 거울에 비친 곡예사는 거울 속의 곡예사였을 뿐…… 어느 순간 삶을 도둑맞은 것 같단 생각이 들어요……"

애수에 젖은 표정으로 늙은 곡예사 야야 투레가 말했습니다.

"삶을 도둑맞은 것 같다고요? 달이 기울면 달빛은 다시 차오르고 저 바람 속에 해당화는 다시 피어 향을 뽐내지만, 삶은 꿈같은 것이죠. 꿈을 꿀 땐 현실 같지만, 꾸고 나면 허망한…… 환각 같은 게 삶이고 꿈이죠. 어쩌면 삶이란 우주를 여행하며 잠시 머문 푸른 별, 보리수나무 아래서 꾼 단꿈일지도 모르죠."

바오밥나무가 말했습니다.

"여행을 하면 내가 모르던 나를 찾을 수 있을까요?"

야야 투레와 샤샤에게는 생애 처음이자 마지막이 될지도 모를 여행이거든요.

"여행길에 들어서면 삶은 신비한 보석 상자를 바람의 옷자락이나 나무들 서랍에서 꺼내 보여줄 것입니다. 당신 안에 숨겨진 지도 위 낯선 풍경을 따라 묵묵히 길을 걸으면, 길 속의 모든 길은 결국 여행자에게 수렴될 것입니다. 내 삶은 어디서 와서 어디로 가고 있을까 하는 물음의 길이 파노라마처럼 펼쳐졌다가 절벽에 이르기도 하고, 때로는 칠흑 같은 어둠의 오솔길에서 한 발짝도 못 뗄 때도 있겠지만 영원회귀 하는 길 위의 길에서 잃어버린 것들을 찾아보세요. 길을 걷다 보면 어느 순간 영혼의 정수리를 내려치는 번개를 느낄 수 있을 것입니다. 그러나 설령 무엇인가를 찾을 수 없더라도 실망하지는 마세요. 내면의 또 다른 당신은 숨바꼭질을 좋아하는지 모르잖아요."

바오밥나무가 야야 투레에게 말했습니다.

쓸쓸함에 젖었던 야야 투레와 샤샤는 용기 내어 다시 여행길에 올랐습니다.

늙은 곡예사 야야 투레가 정말 또 다른 자기를 찾을 수 있을까요? 그건 바람만이 알고 있습니다.

인생이란 수많은 별들 중 반짝이는 자기 별을 찾아가는 여행이니까요. 그 별은, 자신이 살아온 삶에 대하여, 자기가 살아갈 생에 대하여, 끊임없이 회의하고 희구하는 사람에게만 보이는 것이니까요.

어느 봄날, 청산도 청보리밭에서 야야 투레와 샤샤를 보았다는 얘기가 들려왔습니다. 어느 해 가을에는 소백산에 이르러 부석사 무량수전 부처님한테 절 올리는 야야 투레를 본 사람도 있었습니다.

세월이 지난 어느 날 안데스산맥의 아타카마사막에서 야야 투레와 샤샤를 보았다는 이도 있었고, 센 강변의 작고 허름한 책방에서 클레와 보나르 화집, 프레베르와 엘뤼아르의 초현실주의 시집을 뒤적인다던 야야 투레의 소문도 강물에 실려 왔습니다.

또 누군가는 중세적 로맨틱 가도의 보석 로텐부르크에서 슈

네발* 한 개를 샤샤와 나눠 먹는 그녀를 보았다고 했고, 「최후의 만찬」 장면을 거대한 나무에 조각한 성 야코프 교회**의 「성혈제대」 앞에서 무릎 꿇고 묵상하는 그녀를 보았다고도 했습니다. 바람이 전했는지, 꽃이 말했는지, 한 아이가 보았다고 했는지 모르지만 얼마 전에는 슈바르츠발트에서 반딧불을 모으는 야야 투레와 샤샤를 보았다는 풍문이 들려왔고, 어느 누구는 칼바람 맞으며 꽁꽁 언 시베리아 바이칼 호수를 걸어가는 그들을 보았다고 했고, 어느 누구는 오로라 뜬 북구의 백야 길에서 늙은 말과 함께 지팡이를 짚고 가는 초로의 여인을 보았다고 했습니다.

어쩌면 그들은 여행길에 별이 되었는지 모릅니다.

밤하늘에 반짝이는 별을 찾아 헤매던 그 옛날 사람들이 별이 되었던 것처럼, 그랬던 것처럼……

* 슈네발Schneeball: 눈Schnee과 공ball이 합쳐진 말로 '눈 뭉치' '눈덩이'란 뜻의 로텐부르크 전통 과자다. 300년도 더 된 오랜 역사를 가진 이 과자는 30년전쟁 당시에도 먹었다고 한다. 10센티미터 정도의 공 모양, 혹은 뜨개질 털실을 단단하고 동그랗게 감아놓은 모양이다.

** 성 야코프 교회St. Jakobs Kirche: 1311년에 건축을 시작하여 1484년 완공된 고딕 양식의 건축물. 틸만 리멘슈나이더Tilman Riemenschneider(1460~1531)의 유명한 작품인 「최후의 만찬」 나무 조각상이 있다.

순간 수집가

"순간을 수집하세요!"

"순간을 수집하세요!"

"순간을 수집하세요!"

"순간을 수집하세요!"

"순간을 수집하세요!"

"순간을 수집하세요!"

"순간을 수집하세요!"

"순간을 수집하세요!"

순간 수집가는 당신 안에 머문 순간을 놓치지 말라고 "순간을 수집하세요!"라고 외치고 다닙니다.

"순간은 우주의 광경이 머문 공간입니다. 당신의 어머니도 그곳에서 태어났지요. 순간의 배 속에는 영원이 들어 있어요. 우주가 눈을 깜박이는 시간이 순간이지요. 우리 곁에 머물다 가는 순간은 미완성의 시간이지만 기적일지 모릅니다. 시간이 눈꺼풀을 깜박일 때마다 터져 나오는 순간을 본 적 있으세요? 깨달음이라는 것도 벼락 치듯 순간에 찾아온다지요. 더디게, 아주 더디게, 올 것 같지 않은 깨달음도 어쩌면 우리 곁을 무수히 스쳐 지나는 순간에 있는 게 아닐까요. 사랑 역시 상대의 눈동자에서 번쩍인 아름다운 섬광을 낚아챈 것이라지요. 올 것 같지 않은 사랑이 가만히, 아주 가만히 찾아드는 것처럼 말이에요. 순간순간을 스쳐 지나는 우리 마음이 바로 우주 같은 것. 당신은 순간의 방문객을 어떻게 맞이하나요?"

순간 수집가의 말을 듣고 있던 바오밥나무도 귀가 쫑긋했습니다. 바오밥나무는 이런 말을 하는 순간 수집가가 너무 궁금했습니다.

"어디서 오셨나요?"

"순간에서요!"

"순간은 어디에 있나요?"

"바오밥나무님의 말과 말 사이, 숨과 숨 사이, 마음과 마음 사이, 당신과 우주 사이에요. 존재하는 사이에는 모든 순간이 자리하지요."

바오밥나무는 순간 수집가의 이야기를 들으며 순간이라는 말을 너무 오래 잊고 지냈다는 생각이 들었습니다.

'하긴 내가 만났던 방랑자들…… 유리병 속 꿈을 파는 방랑자, 그림자를 찍는 사진사, 물구나무딱정벌레, 목수 수습공 감펠 씨, 곡예사 야야 투레 등도 오랜 세월 동안 만났지만 돌이켜 보니 모두 순간이었지, 순간!……'

바오밥나무는 혼잣말로 지난 순간들을 되새겨보았습니다.

"그런데 도대체 그 순간이라는 시간이 존재하기는 할까! 그건 너무 잠깐이잖아. 어떻게 할 수 없는, 아무것도 할 수 없는, 숨조차 쉴 수 없는 그런, 우리의 감각으로 인지할 수 없는 형이상학적인 머무름 같은, 아! 그런 게 순간이지 않을까, 그런 게……"

바오밥나무는 아무리 생각해도 "순간을 수집하세요!" 하고 외치던 순간 수집가의 말이 믿기지 않았습니다.

"순간 수집가님, 순간이 정말 존재하나요?"

바오밥나무가 물었습니다.

"순간은 현존하면서도 존재하지 않는 무無 같은 것 아닐까요? 순간을 보았다든가, 손으로 만졌다든가, 자로 측량했다든가 할 수 없는 것처럼, 순간은 헤아릴 수 없는 영원 같은 것입니다. 순간이란 태초의 카오스와 함께 있어 왔던 것이고, 우리가 마주하고 있는 것이며, 또 다가올 미래의 섬광 같은 것이지요. 순간은 환상 속을 떠도는 이미지일지도 모릅니다. 그러나 순간은 어느 경계에도 얽매이지 않고 우리 곁을 지나고 있습니다. 운석에 쌓인 먼지와 물방울의 흔적에서 별의 탄생을 재듯, 나비와 벌레의 날갯짓, 우리 마음에 남은 사랑하는 이에 대한 기억에서도 순간의 흔적을 찾을 수 있습니다."

"그러면 순간을 어떻게 수집하면 될까요?"

바오밥나무는 순간 수집가의 말을 들을수록 순간이 궁금해졌습니다.

"사람은 시간의 행성을 따라 도는 존재입니다. 시간의 행성 어딘가에는 시간이 찰나적으로 머무는 정거장이 있습니다. 당신이 시간의 행성을 따라 돌다가 잠시 머무는 정거장에서 그 순간을 채집하세요. 일상의 바쁨에 떠밀려 다니다 보면, 순간 정거장을 지나치기 일쑤거든요. 순간 정거장에서 순간을 즐겨보세요. 시간을 아무리 많이 가졌다 한들 순간을 즐기지 못하면 그건 죽은 시간이지요. 생명의 순간, 사랑의 순간을 수집하게 되면 당신을 비껴가는 운명도 다시 돌아오게 된답니다."

순간, 바오밥나무는 마음의 창이 활짝 열리는 것 같았습니다.

"순간을 수집하는 그 순간, 시인은 시라는 영감을 마음에 그리고, 화가는 캔버스에 색과 선의 기하 추상을 남기고, 음악가는 악흥의 순간을 소리로 표현합니다. 생명의 순간은 그렇게 태어나는데, 예술가가 아니더라도 똑같지요. 아이의 초롱초롱한 눈망울을 가슴에 새긴 엄마는 짧은 순간에도 그 눈동자를 마음에 영원히 품고 삽니다. 순간을 영원에 새긴 것이지요. 별이 빛나는 밤, 사랑하는 이의 눈빛을 별에 새기며 순간을 영원으로 약속한 사랑도 그런 것이겠지요."

순간 수집가와 바오밥나무는 밤하늘의 별에 순간을 새기며 새벽녘까지 이야기를 나눴습니다.

"사람들에게는 누구나 순간을 포착하는 레이더가 있습니다. 어느 순간 경이감을 맛볼 수 있고, 누구든지 예술에의 충동을 느낄 수 있고, 무릎을 '탁!' 치며 잃어버린 기억과 다가오는 미래도 예감할 수 있는 순간 수집…… 밥벌이에 무뎌진 순간 포착 레이더는 수선하면 됩니다. 바오밥나무님도 순간에 꽃을 피우고 가지를 뻗는 순간 수집가이고, 우리 모두 자기 삶의 순간을 수집하여 꽃을 피우는 순간 수집가입니다. 순간에 말을 붙여보세요! 그리고 잃어버린 순간을 찾아보세요! 삶 속에서 웅크려 있는 순간에도 숨결을 불어넣어보세요! 순간의 행복을 찾으세요."

바오밥나무가 고개를 끄덕이는 바로 그 순간, 순간 수집가가 스쳐 가며 외칩니다.

"순간에는 영원의 소리 없는 부름이 숨어 있어요!"

"순간을 수집하세요!"

"순간을 수집하세요!"

"순간을 수집하세요!"

"순간을 수집하세요!"

"순간을 수

집하세요!"

"순

간

을

수

집

하

세

요!"

"순간을 수집하세요!"

"순간을 수집하세요!"

"순간을 수집하세요!"

순　　　　　　　　간　　　　　　　　　　　　　　　　　을!

히말라야 부탄왕국에서 온 파란 양귀비꽃

여행자의 영혼에는 설렘이란 울림판이 있습니다.

여행자들은 설렘의 울림판을 따라 지도 위를 산책하다가 밤이 오면 점성술사처럼 별을 세지요. 때로는 열쇠 수선공처럼 고장 난 마음을 수선하여 잠긴 마음의 자물통을 열기도 합니다. 여행만큼 사람을 무장 해제시키는 게 또 있을까요? 관념으로부터, 삶의 억압으로부터, 내면의 황폐함으로부터, 일상의 상처로부터, 이루지 못한 꿈으로부터, 초현실에 대한 의지로부터, 여행이라는 설렘의 울림판은 일상을 해방시켜줍니다.

여행지에선 차라투스트라도 만날 수 있습니다. 여행을 하다 보면 도처에 출몰하는 이가 차라투스트라입니다. 굳이 철학을 모르더라도 길에는 철학적인 '것'들이 넘쳐나기에 누구나 삶의 철학자가 될 수 있습니다. 어디 그뿐일까요? 설렘의 울림판을 따라가다 보면 낯선 길에서 만난 파란 하늘, 돌에 핀 꽃, 흐르는 강물, 아이들 웃음소리에서도 잃어버린 자유와 행복을 찾을 수 있습니다.

파란 양귀비꽃의 고향은 히말라야산맥 동쪽에 있는 부탄왕국입니다. 부탄은 티베트와의 국경에 연해 해발 7천 미터가 넘는 높은 산이 하늘에 닿을 듯 솟아 있고, 땅의 대부분도 해발 2천 미터가 넘는 고산지대에 있어요. 파란 양귀비꽃은 해발 3천 미터가 넘는 곳에서 살며 4천 미터까지도 꽃을 피운다니, 이 꽃에선 설산의 눈부신 기운이 느껴집니다. 빙하가 녹아 흘러든 히말라야 산자락에 무리 지어 핀 파란 양귀비꽃을 떠올리면, 마치 상상 속 설인처럼 신비롭습니다.

설렘이란 울림판을 따라 여행하던 파란 양귀비꽃이 서울의 강남에서 바오밥나무를 만났습니다.

"여행 중이신가요?"

"네. 히말라야와 타클라마칸 사막을 지나왔습니다."

"여행은 왜 하시나요?"

"마음의 빗장을 해제하기 위해서죠."

"마음의 빗장! 그게 무슨 의미죠?"

"여행자들의 마음에는 빗장이 없습니다. 마음에 빗장을 지르고 다니는 사람들은 여행자가 아니니까요. 여행자들은 빗장이란 단어를 모릅니다. 한번 생각해보세요. 여행자들이 한옥 대문에 달린 반달 모양의 나무 빗장이나 둔중한 철제 빗장을 마음에 가로지르고 다니는 풍경을…… 이 도시 사람들의 마음에는 이중, 삼중의 디지털 자물쇠가 채워져 있군요. 게다가 저녁별의 노래조차 들리지 않는 오늘 밤은 설렘이 없군요."

파란 양귀비꽃이 말했습니다.

"별을 보여드릴까요?"

바오밥나무가 되물었습니다.

"별이 어디 있는데요?"

"저기요! 이쪽에도! 저 길 건너에도! 복권 파는 가게에도…… 지하철 3호선에도…… 허름한 국수 가게 아주머니 손끝에도…… 백화점 점원 미소에도…… 간판을 다는 아저씨 팔뚝에도…… 여중생의 반짝이는 눈동자에도…… 거리 가득 별들이 반짝거리네요…… 자신이 별인 줄도 모르고 바삐 걸어가는 사람들, 별 같은 사람들을 보세요!"

바오밥나무는 거리를 바삐 오가는 사람들을 가리켰습니다.

"거리를 가득 메운 사람들이…… 별이라고요?"

바오밥나무가 고개를 끄덕였습니다.

"하긴, 히말라야의 깊고 깊은 산중에도 별들이 사람으로 환생하여 사는 곳이 있다고 들었어요. 마음 빛이 파란 사람은 파란별에서 왔고, 눈빛이 노란 소녀는 노란별에서 왔다고 했어요. 먼 옛날부터 전해온 설산의 그 마을은 오로라에 싸여 신비한 빛을 낸다는군요. 부탄왕국의 스님들도 별들이 사람으로 윤회한다고 믿고 있거든요."

파란 양귀비꽃이 말했습니다.

"깊은 숲으로 별들이 내려올 때마다 사람이 태어난답니다. 별들은 긴 꼬리에 빛을 점화시켜 지상에 오기도 하지만, 실은 우리 눈에 보이지 않게 내려오거든요. 우주의 헤아릴 수 없이 많은 별 중에 사람 눈에 띄게 오는 별은 아주 드물어요."

바오밥나무가 말했습니다.

"그런데 사람들은 자신이 별에서 온 걸 알고 있나요?" 파란 양귀비꽃이 묻자 "모르지요. 설령 누군가 '당신은 별에서 왔답니다!'라고 말해주더라도 믿지 않을 걸요" 하고 바오밥나무가 답했습니다.

"왜요?"

파란 양귀비꽃은 조금 의아해하는 눈치였습니다.

"눈에 보이는 것만 좇다 보니 사람들은 의심이 많아졌거든요. 정신이 현상된 것보다는 물질로 빚어진 것들을 더 좋아하니까요."

"왜 의심을 하죠?"

파란 양귀비꽃이 물었습니다.

"낯선 땅에 살며 별의 언어를 잃어버렸거든요. 사람들은 별을 향해 더 이상 동경의 화살을 쏘지 않으니까요. 별의 알을 낳지 못하는 사람들은 물질이 삶을 풍요롭게 하고 마지막까지 자기를 보호하는 수단이라고 믿고 있어요. 그러다 보니 자기가 가진 걸 잃지 않으려고 의심을 하죠."

"정신의 행복보다 물질의 풍요가 더 중요하단 말인가요?"

파란 양귀비꽃은 조금 놀라는 말투였습니다.

"부탄에서는 많은 걸 소유하지 않더라도 자신이 불행하다고 여기지 않거든요. 그렇다고 부탄이 샹그릴라나 유토피아란 말은 아니에요. 유토피아란 이 세상에 존재하지 않는 곳이니까요. 하지만 부탄 사람들은 불어오는 바람에도 신이 있다고 여기고, 고원에 핀 꽃 한 송이에도 신이 내려온다고 믿고 있습니다. 그러니 설산에 신이 산다고 믿는 건 당연하지요. 석가모니도 설산에서 고행 끝에 깨달음을 얻었으니, 설산이나 고원에 핀 꽃들은 신의 깨달음 깃든 적멸의 꽃이라고 생각합니다.

광대한 자연에서 산다는 것은 사람이든, 꽃이든, 바람이든, 별이든, 저마다의 빛깔로 세상을 조화롭게 하는 일이니까요. 사람들은 더 많이 소유하기 위해 경쟁적으로 삶을 걸고 살다가 몸이 병들고서야 비로소 존재에 대한 고민을 하는 것 같아요. 병듦이 소유의 부질없음과 존재의 숭엄을 깨닫게 하는 것은 모순 같습니다. 그럼에도 사람들은 활시위를 떠난 화살처럼 소유란 과녁을 향해 날아가잖아요. 산다는 건 소유가 아닌 존재의 문제일 텐데요. 어떻게 존재할 것인가,라는 존재 방식!"

눈을 지그시 감은 채 파란 양귀비꽃의 말을 듣던 바오밥나무가 미소 지으며 입을 열었습니다.

"그렇지만 난 사람에 대한 믿음이 있어요. 사람들이 아무리 물질을 좋아하고 소유에 집착해도 사람 안에는 인간적인 이데아가 있거든요. 존재의 원형이기도 하고 본질이기도 한 인간적인 정신! 어느 순간, 스스로 욕망의 배를 가르고 아름다운 것들을 찾으려 하는 선한 마음 말이에요. 그것이야말로 영원히 사라지지 않을 인간적인 이데아거든요."

파란 양귀비꽃은 이 세계와 저 세계를 여행하며 얻은 자아성찰을 통해 작은 것 하나에도 "저는 충만하나이다" 하는 마음을 지닌 것 같습니다. 성과 속의 경계에서 우리를 하염없이 작게 만드는 바흐 「칸타타」의 노래처럼 말이에요.

파란 양귀비꽃은 달에 간다고 했습니다. 어두운 달의 이면, 잠들지 않는 계곡에 가면 절대정신을 지닌 난쟁이가 살고 있다고 했습니다. 파란 양귀비꽃은 달에 사는 난쟁이한테 절대정신에 대한 이야기를 듣기로 했거든요. 언젠가 다시 돌아와 난쟁이와 나눈 절대정신 이야기를 들려준다고 했습니다. 별도 잠든 밤, 흰 당나귀를 타고 달나라로 가는 파란 양귀비꽃한테 바오밥나무가 손을 흔들고 있습니다.

꽃들은 까만 산등성이를 넘어가는 밤 기차처럼 잠시 우리 곁에 머물다 사라져갑니다.

숲 앞에서 발로 땅을 '쿵쿵' 구르는 여자

정원 예술가가 숲에 발을 들여놓기 전 하는 일은 무엇일까요?

신비한 꽃을 만나게 해달라고 할미꽃한테 소원을 빌까요?

아름다운 나무가 어디 있는지 알려달라고 천 년 된 느티나무에게 부탁할까요?

이슬 내린 옹달샘을 보고 싶다고 안개 낀 새벽에게 물어볼까요?

마음으로 보는 비밀을 알기 위해 바위 곁에서 침묵할까요?

정원을 만드는 영감을 달라고 숲의 정령한테 기도할까요?

정원 예술가는 숲 앞에서 발로 땅을 '쿵쿵' 굴렀습니다. 그러곤 숲길로 들어서며 몇 번 더 발로 '쿵쿵' 땅을 치며 걸어갔습니다.

숲에서 오랜 세월을 살았지만 이 모습을 처음 본 바오밥나무는 너무 신기해서 정원 예술가에게 물었습니다.

"지금 뭐 하시는 거예요?"

바오밥나무는 혹시 그녀가 씻김굿 하는 무당이나 시베리아 샤먼이나 북아메리카 황야의 인디언 피가 흐르는 사람이 아닐까 생각했습니다. 그녀 행동이 초자연적인 의식을 치르는 제사장의 성스러운 몸짓 같았거든요.

정원 예술가는 미소 지으며 말했습니다.

"숲의 생명체들에게 내가 숲길을 걸어갈 것이라는 신호를 보낸 것입니다. 숲에는 아주 작은 공간일지라도 우리가 상상하기 어려운 엄청난 수의 생명체가 살고 있거든요. 찰스 다윈이 말하길, 연못의 얕은 물속에 잠긴 진흙 세 숟가락을 떠서 실험해보니 그 안에 537개체나 되는 식물 종자가 살고 있었다고 해요. 뿐만 아니라 '한강의 물가에 있는 토양 내에는 종자가 1제곱미터당 12만 5,000개가 넘게 있는 것으로 조사'되었다고 하니, 흙속은 식물들이 발아하려고 꿈을 꾸는 거대한 창고라고 할 수 있지요. 제가 숲 앞에서 발로 땅을 굴렀던 이유도 꽃이나 벌레, 곤충, 새, 숨죽이고 꿈을 꾸는 씨앗, 미생물, 나무들에게 무서워하지 말라고, 놀라지 말라고 나의 존재를 알리는 것이랍니다."

오랫동안 숲에 살았지만 바오밥나무는 땅에서 숨 쉬는 그 많은 친구들을 배려하는 법을 몰랐던 것입니다.

"숲의 생명체들에게 사람은 괴물 같은 존재거든요. 그들에게 나는 너의 친구라는 것을 발 구르기 언어로 전달하는 것이지요."

바오밥나무는 그 말을 듣고서야 정원 예술가의 행동을 이해할 수 있었습니다. 요즘 같은 세상에도 이런 마음을 지닌 사람이 있다는 것에 대해 놀랐습니다.

"숲에 대해서 어떻게 그런 마음을 갖게 되었나요?"

바오밥나무는 정원 예술가의 마음이 생명에 대한 경외심이라고 생각했습니다.

"곡성 시골집에서 농사짓는 어머니의 모습을 보고 자랐거든요. 곰 발바닥 같은 손을 가진 어머니는 늘 이렇게 말씀하셨죠. '숲에 들어가려면 거시기 사는 것들이 놀라지 않게 요로콤 발을 탕탕탕 굴러라잉!' 하고요."

정원 예술가는 그렇게 말하곤 발로 땅을 두드리며 걸어갔습니다. 바오밥나무는 그녀와 친구가 되고 싶어졌습니다.

"우리는 어떻게 하면 친구가 될 수 있나요?"

"두드림!"

"두드림! 그게 무슨 말인데요?"

바오밥나무가 되물었습니다.

"그 말은 '나와 너' '너와 나'라는 동등한 관계의 친구 사이라 할지라도 서로의 영역에 불쑥 침입하는 게 아니라, 내가 너의 공간에 들어가도 좋으냐고 물어보는 것입니다. 저마다 쓸쓸하고, 조금은 비참하고, 슬프고, 또 아픈 사연을 간직한 채 살아가는 사람들한테 누군가 다정한 희망을 속삭이는 것 같은 그런 느낌의 두드림 말이에요. 속삭이는 두드림, 두드리는 속삭임!

숲과 사람, 꽃과 사람, 벌레와 사람, 나무와 사람, 사람과 사람의 관계도 그런 게 아닐까요?"

정원 예술가의 말에 바오밥나무는 부끄러웠습니다. 자신은 그 누구의 두드림이 되어주지 못할 때도 있었거든요.

"바오밥나무님도 숲의 소리를 좋아하시나요? 저는 바람과 꽃과 풀과 나무, 벌레가 사는 정원을 만들 때 원초적인 가락을 떠올리곤 해요. 이를테면 「거문고 산조」는 '흩을 산散'자를 쓴 데서 알 수 있듯, '흐트러진' 음악으로 관념적이거나 고상함을 추구하지 않고 우리 내면의 슬픔과 설움, 격정과 체념마저 조화시킨 삶의 소리거든요. 거문고 소리에는 들녘의 풀과 꽃과 나무, 바람 같은 질긴 생명력이 있답니다. 정원 예술도 사실은 숲의 원초적인 소리가 꽃과 나무와 물과 바람, 사람 사이에 잘 울릴 수 있게 조율하는 거죠."

바오밥나무는 정원 예술가의 말을 들으며 정원을 만드는 예술이, 또 하나의 자연을 우리 내면에 들어서게 하는 것이라고 생각했습니다.

"그럼 풍경이라든지 꽃과 나무에 대해선 어떤 마음을 갖고 있나요?"

바오밥나무가 정원 예술가에게 물었습니다.

"풍경이란 자연의 집약체입니다. 정원은 자연의 집약체인 풍경을 삶의 공간에 설계하고 건축하는 일이지요. 신비로운 숲

을 정원에 들인다고 할까요…… 꽃은 잿더미에서도 아름다움을 일깨우고, 나무는 대지에 뿌리박은 몽상가처럼 변함없는 수직성으로 사람에게 상상력을 불어넣지요."

바오밥나무는 그녀의 말을 들으며 오래전 만났던 한 사람을 떠올렸습니다. 그는 숲을 방랑하며 나무와 꽃, 벌레와 동물에게 책을 읽어주는 사람이었습니다. 책 읽어주는 사람은 바오밥나무에게 루이제 린저의 일기 한 대목을 느릿느릿 말했었지요.

"바람도 발자국을 없애지 못할 만큼 쾅쾅 걸어가면 안 된다."

인디언 격언이라는 이 말을 듣고 바오밥나무는 큰 감동을 받았습니다. 그래서 바오밥나무는 이런 생각을 했습니다.

'농부나 정원 예술가처럼 흙을 만지는 사람들 내면에는 자연을 숭고하게 대하던 인디언의 마음이 흐르는지 몰라. 숲 앞에서 벌레와 꽃과 나무가 놀라지 말라고 발로 땅을 구르라던 농부 엄마의 마음이나…… 정원 예술의 영감을 얻으러 숲으로 들어가며 땅을 '쿵쿵' 두드리던 예술가의 마음이나…… 바람도 발자국을 없애지 못할 만큼 '쾅쾅' 걸어가면 안 된다는 인디언의 마음이나…… 어쩌면 사람들은 많은 것을 숲에 두고 왔는지 몰라.'

2부

질스 마리아 숲 절벽에서 만난 글뤽 할아버지

질스 마리아* 숲을 찾은 한 사람이 있었습니다.

그 사람은 선한 눈망울을 지녀 보는 이를 기분 좋게 했고, 삶이 자신을 속이려 해도 순수한 마음을 잃지 않았습니다. 그는 사람과 세상을 향한 순수한 열정을 품고 있었습니다. 순수한 열정은 세상 속에서 약이 될 때도 있지만 독이 될 때도 많았고, 사람들은 '저렇게 순수해서 이 험한 세상을 어찌 살아갈까!' 하는 안쓰러운 마음을 가졌습니다.

재능도 있고 성실했지만 세상은 그를 알아주지 않았습니다. 영악한 사람들은 착한 마음을 지닌 그를 이용하기 바빴고 재능만 쏙 빼먹으려 했습니다. 하는 일마다 잘 안 되다 보니 자신감도 없어지고 보슬비에 옷이 젖듯 슬금슬금 세상의 패배자가 되

* 질스 마리아Sils Maria: 스위스 동부의 그라우뷘덴 남동부 질스호 동쪽 해발 1,800미터에 있다. 니체가 1881년부터 1888년까지 일곱 번이나 찾아와 여름을 보낼 만큼 사랑했다고 한다. 니체는 여기서 『차라투스트라는 이렇게 말했다』를 집필했다. '니체 하우스'가 있다.

어갔습니다. 차츰 한숨짓는 시간이 늘어나고 해거름 지는 숲에서 이름 모를 설움에 눈물을 훔치기도 했습니다.

그는 햇빛 반짝이는 세상과 들꽃 같은 사람들을 사랑하며 아름답게 살아야 한다고 다짐했지만, 현실은 녹록하지 않았습니다. 행복한 꿈을 꾸던 자리엔 좌절의 그림자가 드리웠고 강철 같은 의지엔 자신에 대한 실망의 녹이 짙게 슬어갔습니다.

그는 세상의 산과 들과 강을 찾아다니기로 했습니다. 정처 없는 바람이 되어 푸른 산과 강줄기와 생명을 키우는 초원을 보고 싶었습니다. 걷다 보면, 자신의 근원까지 깊이 내려갈 수 있을 것이라 생각했습니다.

그래서 찾아간 곳이 바로 질스 마리아입니다.

방랑자가 된 그는 작은 륙색을 메고 해발 1,800미터의 질스 마리아 호숫가와 들길을 걸었습니다. 초록 숲 멀리 솟아오른 만년설의 산정은 숭고했습니다.

어느 날은 높고 장엄한 산봉우리를 향해 숲길을 걸으며 삶에 낀 허무를 보았습니다. 일상의 삶에 깃든 허무는 그냥 바라볼 수밖에 없었지만, 방랑자 되어 길을 걷다 보니 뿌옇게 낀 허무가 방랑의 바람에 걷혀 사라지게 되는 희열도 맛보았습니다.

우연히 알게 된 질스 마리아의 아름다운 풍경에 감탄한 방랑자는 그곳이 자기 자신을 변화시키는 것을 느끼며 조용히 사색을 즐겼습니다. 질스 마리아의 방랑자는 산에 오르고 숲과 청록빛 호수와 초원을 거닐며 잃어버린 시간을 찾아갔습니다.

방랑자는 사막을 걷는 낙타처럼 묵묵히 숲길을 걷기도 하고, 질바플라나 호숫가의 웅장한 바위에 앉아 초라해져가는 자신을 보기도 하고, 또 어떤 날은 드넓은 들녘과 호수를 물들이는 노을빛에 감탄했습니다. 아주 고요한 시간이 지나고 있었고, 바람이 거문고 현처럼 팽팽한 햇빛을 퉁길 때마다 호수에는 금빛 잔물결이 일었습니다.

그때, 한 할아버지 목소리가 들렸습니다.

"사색 중이신가?"

할아버지는 산길을 내려오다가 생각에 잠긴 방랑자를 보고 말을 건넸습니다. 방랑자는 절벽 아래 펼쳐진 초원과 호수와 숲과 마을과 길의 장관 앞에서 넋을 잃은 듯했습니다.

"무슨 생각을 그리 깊게 하는지 얼굴에 산 그림자가 덮였네 그려."

방랑자는 겸연쩍게 웃으며 인사를 한 다음, 륙색에서 보온병을 꺼내 할아버지와 함께 슈바르츠 차를 나눠 마셨습니다.

"다르질링처럼 고독한 별의 냄새가 배어 있는 차향이구먼! 설산에 동결된 침향沈香의 흰 꽃이 황금빛 태양에 터져 나오는 차향일세!"

할아버지가 차를 음미하며 말했습니다.

할아버지는 젊은 방랑자 얼굴에서 그늘 짙은 그림자를 보았는지, 브람스의 「클라리넷 5중주」 이야기를 들려주었습니다.

"여보게, 젊은 친구! 브람스의 「클라리넷 5중주」를 들어보았는가? 1890년 57세의 브람스는 작곡을 포기했었지. 더 이상 곡을 쓸 수 없어 음악을 포기해야만 했던 그 무렵, 외롭고 쓸쓸한 마음 빈 공간으로 차오른 선율이 바로 「클라리넷 5중주」라네. 삶은 참 신묘한 것이지. 끝났다고, 막다른 길이라고 생각했는데 새 길이 나타나니…… 이 곡에는 브람스 만년의 심오한 삶의 진수가 담겨 있다네. 특히 '2악장 아다지오'는 브람스만의 따뜻한 슬픔 묻어나는 클라리넷 음색이 생의 기쁨이나 비애, 사랑이나 절망마저도 무화시키며 따뜻한 허무를 느끼게 하지. 그럴 때면, 그래 삶은 그런 것일지도 몰라 하는 생각에 이르게 되거든."

방랑자는 할아버지 말을 수긍하면서도 "산다는 건 무엇인지 잘 모르겠습니다"라고 자신의 마음 한쪽을 열었습니다.

"때로는 생으로부터의 도피가 삶의 허물을 벗게 한다네. 지친 영혼을 치유하는 데는 도피처가 필요하지." 할아버지가 말하자 "도피처라고요?" 하고 방랑자가 되물었습니다.

"그렇지, 도피처! 도피처란 단순히 도망가는 곳이 아니라, 잃어버린 자신을 발견하기 위해 삶으로부터 잠시 스스로를 유배시키는 곳이라네. 유배는 요정이 찾아오는 시간이고, 벼락 맞은 고목에 새싹이 돋아나는 인식의 순간이고, 마음에 기쁨이 차오르는 기다림의 과정이라네."

할아버지와 방랑자는 만년설 위로 피어난 거대한 뭉게구름을 보며 이야기를 나눴습니다. 세속의 암담함과 우울함마저 정화할 것 같은 클라리넷 소리 닮은 바람이 만년설 덮인 산정에서 숲으로 불어왔습니다.

이곳 사람들은 할아버지를 질스 마리아의 은자隱者라고 불렀고, 어떤 이는 질스 마리아 숲에 사는 차라투스트라라고도 했습니다. 할아버지는 젊은 방랑자의 고독한 눈빛과 무표정한 얼굴만 보고도 그의 마음을 알 수 있었습니다.

"삶이 그대를 속인다는 생각에, 타인이 그대를 알아주지 않는다는 생각에, 좌절 깊은 마음에, 삶으로부터 멀리 도망쳐 온 것인가?"

방랑자는 속마음을 들킨 것 같아 아무 말도 하지 못했습니다.

"저 아래 호수를 보시게! 햇빛이 쏟아지고 눈이 내리고 비가 적셔도 호수는 호수지. 호수는 햇볕이 쨍쨍 내리쬔다고, 폭설이 내린다고, 빗물이 불어난다고, 그것들을 탓하지 않고 언제나 그 자리에서 생명을 키우지. 초원을 보시게! 만년설 덮인 알프스 산정과 숲도 보시게! 초원은 초원이고, 산은 산이고, 숲은 숲일 뿐이지. 창공을 나는 저 새를 보시게! 새는 누구를 의식하지 않고, 의식마저 의식하지 않고 날아오른다네. 두려움조차 두려워하지 않고 날개를 펴야 비로소 날 수가 있거든. 호수가 호수가 되고, 산이 산이 되고, 새가 새가 되는 데는 기다림이 필요하지. 정신이 성장하는 데는 만년설처럼 차가운 기다림이 필요한 것, 기다리지 않으면 기다림은 오지 않는다네."

수령 깊은 바오밥나무 한 그루가 할아버지와 방랑자의 대화를 지켜보고 있었습니다. 질스 마리아의 정령들이 사는 깊은 숲에는 신비한 나무가 있다고 전해지는데, 바로 바오밥나무가 그 나무입니다. 바오밥나무는 질스 마리아를 찾는 방랑자들에게 고독 깊은 영감을 준다고 구전되어왔습니다. 할아버지는 방랑자에게 바오밥나무를 가리키며 "이 나무를 보라!" 하고 말했습니다.

"방랑자여, 유한한 삶 속에서 기회는 언제나 지금, 이 순간이라네. 나무는 순간을 영원으로 살고 있지. 골짜기에서 강하게 불어오는 바람을 맞는 산등성이 나무는 바람 부는 쪽으로 구부러져 있지만, 다른 나무들보다 생명력이 강하다네. 나무는 자신의 존재 방식을 악조건에 맞도록 설계하는 것이지. 저 바오밥나무가 수천 년을 사는 비결이 무엇인 줄 아나? 기다림이라네. 시간을 견딜 줄 아는 기다림. 그게 나무의 위대함이라네. 방랑자여! 지금 서 있는 자리에서 한 발자국만 더 앞으로 내디디면 어디인가?"

"천 길 낭떠러지입니다."

방랑자는 까마득한 밑을 보며 아찔한 생각이 들었습니다.

"그 앞에 서보시게."

"네! 낭떠러지 앞에 서라고요?"

방랑자는 공포심에 오금이 저리고 겁이 났지만 할아버지 말대로 낭떠러지 앞에 섰습니다. 눈앞에는 시리게 파란 하늘과 햇빛에 반짝이는 설산, 강과 초원이 펼쳐져 있고 새들이 자유롭게 날고 있었습니다.

"방랑자여, '글뤽'*은 절벽 앞에 섰을 때 찾아온다네!"

"네에! 절벽 앞에 섰을 때 찾아오는 게 '글뤽'이라고요?"

방랑자는 할아버지 말에 어리둥절하여 꼼짝할 수가 없었습니다.

"그렇다네. 생의 절벽 앞에 섰을 때, 낭떠러지에서 저 아래로 떨어지면 끝이라고 생각하는 그 순간에 '글뤽'은 찾아온다네. '글뤽'은 절박함이라는 삶의 진창에서 피어나는 연꽃 같은 것이지."

낯선 말들의 파편이 날아와 방랑자에게 박혔습니다.

할아버지 말을 귀담아듣던 방랑자가 "'글뤽'은 절벽 앞에 섰을 때 온다!

'글뤽'은 절벽 앞에 섰을 때 온다!

'글뤽'은 절벽 앞에 섰을 때 온다!

'글뤽'은 절벽 앞에 섰을 때 온다!

'글뤽'은

* 글뤽Glück: 독일어로 '행복'을 뜻한다.

온다!

'글뤽'은

절벽 앞에 섰을 때……"라고 작은 소리로 되뇌어보는 순간, 번갯불 한 줄기가 그의 심장에 내리꽂혔습니다.

시간이 정전된 것 같은 찰나, 방랑자의 몸과 마음은 벼락불에 하얗게 타버렸고 온 우주가 텅 빈 것 같다는 생각이 스쳐 갔습니다. 다시 우주 빅뱅이 터져 거대한 블랙홀에서 모든 별들을 빨아들인 것 같았습니다. 아무도, 아무것도 없는 진공상태의 우주에 한 줄기 바람이 불어왔습니다.

방랑자는 세상과 자기 자신에 대해 가졌던 원망과 번뇌가 얼마나 부질없고 허무한 것인지 느꼈습니다. 내가 지금까지 소유했던 것은, 숭배했던 우상은, 찾고자 했던 길은, 파괴하고자 했던 것은 무엇일까?

방랑자는 스스로의 물음에 답을 하기 위해 사색하고 산책하며 바위 속에서 새가 날아오르기를 희구했습니다.

"저기, 숲의 정령이 지나간다! 나는 그를 만나러 가야 하거든!" 하고 산으로 간 글뤽 할아버지는 그날 이후 다시 볼 수 없었습니다. 그러나 글뤽 할아버지를 만난 이후, 방랑자의 마음 깊은 곳에선 예전에 미처 몰랐던 기쁨이 샘물처럼 올라왔습니다. 젊은 방랑자는 글뤽 할아버지를 떠올리며 우리가 길에서 만난 사람들은 어쩌면 차라투스트라, 보살, 성모마리아일지도 모른다는 생각을 했습니다.

무無를 기다리며
햇살을 즐기자
무無를 기다리며
그늘을 즐기자
햇살과 그늘은 내면에서 온 여행자
무無는 여행에서 온 방랑자
나무가 말하는 길을 걷다 보면
내 안의 귀머거리 나무도
잎사귀마다 불을 밝힌다
아름다움은 은폐되어
보이지 않는 무無
삶은 숨겨진 길을 찾는
사막 같은 무無
나는 무無다

방랑자는 질스 마리아에서 세상 속으로 걸어 들어갈 륙색을 다시 꾸렸습니다.

열등생과 쇠똥구리 그리고
비트겐슈타인의 「오리-토끼」

젊은 시인이 살았습니다.

그의 이름은 세상에 알려지지 않았지만 불같은 열정을 가슴에 품은 진실한 젊은이였습니다. 그는 자신의 시가 부끄러워서 책상 서랍 안에 꼭꼭 숨겨두었습니다. 세상에는 반짝반짝한 시, 푸른 잎사귀를 닮은 시, 장미 향기 나는 시, 노을 물든 시, 달빛 밝은 시, 봄비 소리 시, 사박사박 눈 내리는 시, 은하수 흐르는 시처럼 개성적인 시로 잘 알려진 시인들이 많았습니다.

시인은 남녘의 시골 산 아래 마을에 살며 혼자 밥을 먹고, 별빛 내리는 한밤중까지 책을 읽고 글만 썼습니다. 비가 오나 눈이 오나 오후 2시면 숲길을 산책했습니다. 딱따구리가 나무 쪼는 모습을 관찰하거나, 제비꽃 앞에 엎드려 꽃과 이야기하거나, 오솔길에 드리운 나무 그림자에 마음을 기대보기도 하고, 비스듬히 서서 꽃망울을 터뜨린 산벚나무가 자신을 닮았다고 생각하기도 했습니다.

벼락 맞아 부러지고 검게 탄 나무가 꽃을 피운 풍경에 감탄하여 그 앞을 한참 서성일 때도 있었습니다. 늦봄 어느 날에는 봄처녀나비를 따라 숲속을 헤매다 한나절이 지나 돌아오곤 했습니다. 시인에게 숲은 유일한 친구였으며 정신의 실험장이었습니다. 해가 가고 달이 바뀔 때마다 장미, 노을, 달빛, 봄비 시인들의 시집이 세상에 나왔지만, 그는 낡은 올리브 나무 책상에 앉아 연필로 또각또각 시를 쓰며 순간의 환희를 느끼다가 긴 절망에 빠지기 일쑤였습니다. 그의 시 3할은 바람과 햇빛, 7할은 절망의 빗소리로 빚어졌으니까요.

"그동안 쓴 시를 모두 불태워야겠어."

시인은 비장한 결심이라도 한 듯 중얼거렸습니다. 그의 검은 눈동자는 촉촉이 젖어 있었습니다.

"무슨 일이 있으세요?"

바오밥나무가 시인에게 말을 걸었습니다. 그는 아무 말이 없었습니다. 시인과 바오밥나무 사이에 쌓인 침묵을 바람이 건들자, 작은 솔방울 하나 톡 떨어졌습니다.

"괜찮으세요?"

시인이 안쓰러운 듯 바오밥나무가 다시 말을 건넸습니다.

"나는 아름다운 시의 꽃을 피우지 못했으니, 누군가의 손 한번 잡아주고 누군가의 눈물 한번 닦아주는 시를 쓰지 못했으니, 누군가의 정신에 아름다운 번갯불 한 줄기 번쩍이게 하는 시를 쓰지 못했으니……"

시인은 자조적으로 말했습니다. 아무도 그를 알아주지 않았지만, 시를 쓰느라 두 이레 열나흘이나 묵언으로 지내기도 하고 시의 집에 갇혀 달포 지나 창백한 얼굴로 숲에 나타난 적도 있었습니다.

초록빛 햇살 짙은 어느 봄날이면, 시인은 노르스름 물오른 후박나무 아래서 쓴 시를 바람과 꽃과 새와 벌레 앞에서 낭송하기도 하고, 저물녘이면 산 아래 마을에 점등되는 불빛을 보고 콧등이 시큰거리기도 했습니다.

바오밥나무는 시인의 고독에 저미는 달빛의 무게와 침묵의 시간에 쌓이는 쓸쓸함의 깊이도 알고 있었지만, 그를 사랑하기에 느닷없이 엉뚱한 질문을 던졌습니다.

"쇠똥구리를 아세요?"

"쇠똥구리! 쇠똥구리요?"

시인은 의아한 눈빛으로 바오밥나무를 쳐다보며 되물었습니다.

"네. 쇠똥구리!"

바오밥나무는 시인을 보며 힘주어 말했습니다.

"시인은 쇠똥구리거든요. 쇠똥구리가 되어보세요."

"시인이 쇠똥구리라고요! 저한테 쇠똥구리가 되어보라고요?"

"네."

의미를 알 수 없는 바오밥나무의 말에 시인은 무척 당황했습니다.

"시인은 모래언덕이나 울퉁불퉁한 길을 마다하지 않고 뒷발로 쇠똥을 굴리며 가는 쇠똥구리 같은 존재지요. 쇠똥구리가 생존을 위해 쇠똥을 굴린다면, 시인은 아름다움의 바위를 굴리며 언덕을 오르는 존재지요. 그러나 가파른 언덕 위로 바위를 굴려 정상에 올리면 바위는 아래로 굴러떨어져 처음부터 다시 밀어 올려야 하죠. 이렇듯 영원히 바위를 언덕 위로 밀어 올려야 하는 존재가 시인이지요."

시인이 이해한다는 듯 고개를 끄덕이자, 바오밥나무는 그를 지그시 바라보며 말을 이어갔습니다.

"쇠똥구리가 땅의 수많은 장애물을 극복하며 쇠똥을 굴리려면 지치지 않는 힘과 불굴의 의지가 필요하듯, 시인 역시 삶의 장애물을 극복하며 아름다움을 노래하려면 어떤 순간에도 결빙되지 않는 정신이 필요해요."

바오밥나무의 말을 들은 시인은 막혔던 가슴이 뚫리는지 숨을 길게 내쉬었습니다.

"쇠똥구리와 시인은 무엇이 같은 줄 아세요?"

"……"

시인은 고개만 갸우뚱했습니다.

"첫째, 소와 말과 양처럼 커다란 초식동물의 똥을 굴려 땅 속 굴로 가져가 먹고살며 그 속에 알을 낳는 쇠똥구리가 토양을 정화하여 기름지게 한다면, 시인은 사람을 사람답게 하고 자연과 더불어 살게 하기 위해 세상의 불완전함을 정화하고 인간의 대지를 기름지게 한답니다." 바오밥나무가 말하자 "오, 아름다운 똥을 굴리는 쇠똥구리! 온몸으로 시를 굴려 시에서 아름다움의 실타래를 뽑는 시인!" 이제야 말문이 트였는지 시인은 바오밥나무의 말에 맞장구를 쳤습니다.

"둘째, 쇠똥구리와 시인은 은하수와 별을 보고 길을 찾는다는 거예요."

"은하수와 별을 보고 길을 찾는다고요?"

시인은 바오밥나무의 말이 신기하기까지 했습니다.

"야행성인 쇠똥구리가 밤하늘의 은하수를 보고 길을 찾는 생존 비법을 터득했다면, 시인은 사막 같은 세상에서 별을 보고 길을 찾아 언어의 연금술을 펼쳐 보인답니다. 한번 상상해보세요. 칠흑 같은 밤에도 거꾸로 서서 뒷발로 쇠똥을 굴리다 말고, 쇠똥 위에 올라가 은하수에 의지해 길을 찾는 쇠똥구리를요……"

바오밥나무의 말을 듣던 시인은 쇠똥구리처럼 밤하늘을 바라보았습니다. 어디서 흘러왔는지 은하수 한 줄기가 흐르고 있었습니다.

"셋째는 무엇인지 한번 생각해보세요."

바오밥나무는 스무고개라도 하듯 말했지만, 시인은 알쏭달쏭한 표정만 지었습니다.

“셋째는 둘 다 아주 작은 존재라는 것입니다. 쇠똥구리는 길이가 16밀리미터밖에 안 되지만, 그 작은 몸으로 자신보다 수백 배 더 무겁고 거대한 쇠똥을 굴려 흙을 정화해 땅을 기름지게 하지요. 시인도 쇠똥구리만큼 작은 존재, 즉 거대한 정신의 밭을 가는 난쟁이랍니다.”

“바오밥나무님은 사물을 꿰뚫어 보는 지혜의 눈을 지니셨네요.”

시인은 바오밥나무의 말을 들을수록 마음이 조금씩 환해지는 것 같았습니다.

“혹시 비트겐슈타인의 「오리-토끼」 그림을 보셨나요?”

바오밥나무가 시인에게 물었습니다.

“아니요.”

시인이 궁금한 표정을 지으며 말했습니다.

비트겐슈타인의 「오리-토끼」

"저 그림이 무엇처럼 보이세요?"

"글쎄요, 어떻게 보면 오리 같고 또 다르게 보면 토끼 같네요."

"맞습니다! 저것은 오리이며 토끼고, 토끼이며 오리지요. 보는 사람에 따라, 어떤 상황에서 보느냐에 따라 달라지지요. '저것은 오리다, 혹은 토끼다'라고 단정 지을 순 없답니다. 비트겐슈타인의 말처럼 '사물이 의미를 갖는 것이 아니라, 우리가 어떤 의미를 끊임없이 부여하는 것'이라서 그럴지도 모르죠.

시도 마찬가지 아닐까요? 시는 미학을 위반하고, 불온한 꿈과 진창 같은 현실을 위반하고, 아름다움도 위반하고, 궁극적으로 시마저 위반하며 시가 됩니다. 시 역시 비트겐슈타인의 「오리-토끼」처럼 다르게 생각하기를 통해 보는 이에게 제3의 눈을 뜨게 해주는 거예요. 시인은 아르고스의 눈을 가진 존재입니다. 백 개의 그 눈은 다양하게 생각하라는 마음의 눈이지요. 당신은 이미 시로 나무와 꽃과 벌레의 마음을 움직였고, 또 누군가의 마음에 시를 깃들어 살게 했으니 아름다운 시인입니다."

바오밥나무의 말을 숨죽여 듣고 있던 시인의 눈이 반짝였습니다.

바오밥나무는 시인과 헤어지기 전에 나무 이야기를 들려주었습니다.

"나무들도 엄청난 상처를 받고 몸살을 앓고 병충해와 싸우며 성장통을 겪습니다. 나무들이라고 열등감이 없을까요? 그러나 나무들은 햇빛을 모으고 바람과 별과 달의 노래를 들으며 저항력을 키운답니다. 열등감은 저항력의 다른 이름입니다. 나무들이 아름다운 건 옹이 박힌 가지, 구멍 나고 파인 나뭇결에도 새순을 밀어 올려 기어코 꽃을 피우고 마는 생명력 때문이에요. 시인의 가슴속에 아름다움과 진리에 회의를 품어 생긴 옹이가 박혀 있지 않다면, 열등감도 존재하지 않을 거예요. 이젠 그 자리마다 꽃을 피우세요. 일상에서 그저 그렇게 흘러가는 크로노스Chronos의 시간 꼬투리를 잡지 말고, 당신만의 특별한 카이로스Kairos의 시간에 집중하세요!"

바오밥나무와 헤어진 시인은 '정신의 교역장'인 숲길을 걷고 또 걸었습니다. '지나가버린 것, 어쩔 수 없는 것, 쓸모없는 것'들로부터 자유로워지기 위하여, 영혼의 정화수가 솟아나는 옹달샘을 찾아갔습니다.

바바야가와 사람의 영혼을 움직이는 만년필

러시아 마귀할멈 바바야가의 숲속 오두막집엔 없는 게 없습니다.

말하는 고양이, 마법의 거울, 영혼을 가둬두는 호리병, 천리 밖을 보는 구슬, 불을 뿜는 용, 외눈박이 거인, 불로초는 물론이고 금궤, 루비 반지, 사파이어 목걸이, 에메랄드, 다이아몬드, 죽은 사람도 살릴 수 있는 생명수까지 세상의 진귀한 보물은 모두 그곳에 있으니까요.

바바야가는 빗자루를 타고 다니는 마녀들과 달리 절구통을 타고 절굿공이를 휘저으며 하늘을 날아다닙니다. 그녀가 살고 있는 숲속 오두막은 짙은 안개에 가려 찾기 힘들며, 그마저도 닭의 다리에 집을 지었는데 울타리에는 사람 해골을 주렁주렁 걸어놓았답니다.

어느 날 바바야가가 숲속의 바오밥나무를 찾아왔습니다.

“오, 숲속의 신성한 바오밥나무여! 이 작은 물건은 무엇인가요?”

바바야가는 바오밥나무를 숲속의 신성한 나무라고 불렀습니다. 하긴, 옛날 옛적부터 이 나무는 숲의 지혜를 상징했으니 바바야가라도 신성시할 수밖에 없었겠지요. 바바야가가 물어본 것은 한 뼘이 될까 말까 한 작은 막대기였습니다.

“그건 만년필이란 건데 사람의 영혼을 움직이는 도구죠.”

“사람의 영혼을 움직인다고!”

바바야가는 영혼이란 말을 듣곤 입안에 군침이 돌았습니다. 왜냐하면 바바야가는 어린아이뿐만 아니라 죽음의 신을 쫓아다니며 막 죽은 사람의 몸에서 분리된 영혼도 먹어 치우거든요. 신기한 듯 은빛 고릿적 만년필을 만지작거리며 “아무리 그래도 그렇지, 이 작은 만년필이 어떻게 사람의 영혼을 움직인단 말이오!”

바바야가는 믿을 수 없다는 듯 얼굴을 찌푸렸습니다.

“만년필은 위험한 물건입니다. 칼로는 영혼을 벨 수 없지만 만년필은 영혼도 벨 수 있거든요. 또한 만년필은 아름다운 도구입니다. 초여름날의 향기 좋은 자줏빛 히아신스처럼 영혼에 꽃도 피우거든요. 시인은 만년필로 존재의 심오한 꽃 폭탄을 터뜨리지요. 만년필 안에 든 잉크란 액체에는 기억의 여신 므네모시네가 살고 있어요. 세상을 아름다움으로 덮기 위해 글 쓰는 이의 영혼에 마법의 언어를 칠해주는 여신이지요.”

바바야가는 바오밥나무의 말을 들을수록 더 미궁에 빠지는 것 같았습니다. 더군다나 시인과 기억의 여신 므네모시네는 이 왕국에서 추방해야 할 자들인데, 만년필과 연관 있다고 하니 갑자기 이 물건이 꼴도 보기 싫어졌습니다.

땅까지 닿을 것 같은 길게 늘어진 백발에 매부리코, 움푹 들어간 탐욕스러운 눈과 달걀처럼 툭 튀어나온 광대뼈, 얼굴 가득 핀 검버섯, 한 뼘쯤 돼 보이는 기다란 손톱, 새빨간 혀와 하나뿐인 검누른 이빨…… 그렇지 않아도 무서워 보이는 바바야가의 얼굴은 만년필이 시인의 영혼을 불러내 아름다움을 노래하게 하고 그 속에는 여신이 살고 있다는 말에 더 일그러졌습니다.

"시인의 영혼을 움직인다니, 정말 정나미가 떨어진다오."

아름다움이나 선함 같은 것은 바바야가의 세계와는 상극이거든요.

"시인이라니! 여신이라니! 그들은 내게 악령 같은 존재거든. 내가 제일 싫어하는 아름다움이라는 악령!"

바바야가는 만년필을 아무 미련 없이 자작나무 숲에 휙 던져버렸습니다. 절굿공이로 땅을 내려치자 한바탕 회오리바람이 일더니, 절구통에 탄 바바야가는 어느새 구름 저편으로 사라져 갔습니다.

아주 오랜 세월이 흐른 뒤 한 여행자가 숲을 찾았습니다.

그는 시베리아를 여행 중인데, 이르쿠츠크에서 바이칼 호숫

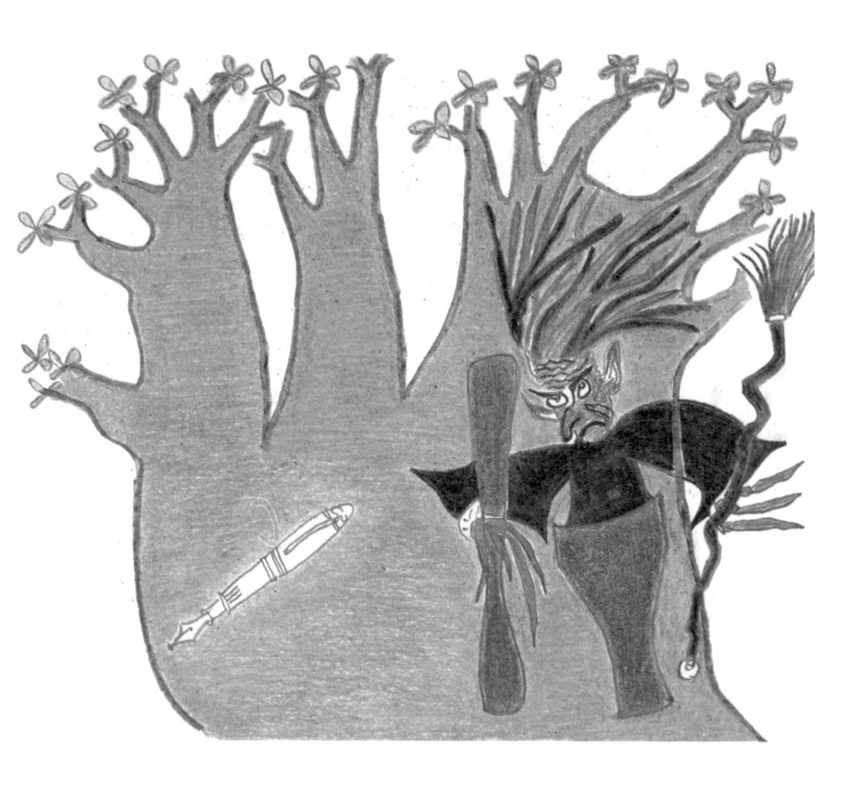

가에 들렀다가 파란 물빛 여울지는 리스트뱐카 마을에 여장을 풀었지요. 여행자는 숲길을 산책하며 자작나무 숲에서 한가롭게 책을 보았습니다.

삶은 불확실한 여행길이라지만, 불확실성이야말로 자유인에겐 축복입니다. 여행이 그를 숲의 사색자로 변하게 할 즈음 햇빛에 무엇인가 반짝였습니다. 보던 책을 덮고 수풀을 헤쳐보니 고색창연한 은빛 만년필이 햇살에 빛나고 있었습니다.

"숲속에 웬 만년필일까!" 혼잣말을 하는 여행자에게 "그 만년필의 주인은 당신입니다!" 하는 소리가 들려왔습니다.

바오밥나무는 만년필이 숲에 버려진 내력을 이야기해주었습니다.

"그러고 보니 이 만년필엔 아름다운 악령이 살고 있군요!"

여행자는 그렇게 말하더니 수첩을 꺼내 만년필로 무언가를 적었습니다. 도스토옙스키의 『백치』를 떠올리게 하는 글귀를 적은 걸 보니 절대미와 절대선을 탐구하는 미학자인지 시인인지 건달인지 모르겠지만, 빛바랜 종이에는 이렇게 씌어 있질 않겠어요.

"아름다움이 세계를 구할 것이다!"

우연히 만년필을 손에 넣었다가 숲에 버린 바바야가나, 숲에서 그 만년필을 주운 여행자나, 우연이란 이름의 필연이 있었겠지요. 그러나 만년필이 바바야가에게는 악령이 사는 집이었지만, 여행자에게는 아름다운 자기 파괴를 위한 사물이었답니다.

여행자는 숨겨진 그리움을 만년필로 적었습니다. 지금은 잘 보이지 않는 아름다움을 갈망하며, 설령 그것이 아름다운 모순일지라도 초극의 시간을 기다리며, 여행자의 시간을 만년필에 담았습니다.

여행자의 이름이 보리스 파스테르나크인지, 라이너 마리아 릴케인지, 샤를 보들레르인지 모르지만, 그는 만년필로 아름다운 악령을 만나는 꿈을 꾸었다고 합니다.

바오밥나무는 떠나가는 여행자에게 못다 이룬 생의 꿈 이야기를 만년필로 적으면 행운이 찾아들 거라고 귀띔해주었습니다.

잠자는 집시

사막에서 달빛 받으며 잠든 집시 여인은 방랑 중입니다.

정처 없이 모래밭을 걸어가는 여인에게는 입고 있는 옷 한 벌과 몸을 의지하는 나무 지팡이, 토기로 만든 물병, 담요 한 장 그리고 만돌린이 전부입니다. 집시 여인은 사막에서 꽃과 나무, 벌레, 낙타와 사람을 만나면 그들을 위로하기 위해 만돌린을 퉁기며 노래합니다.

아! 그러고 보니 집시 여인은 신발도 없습니다. 처음부터 신발이 없었던 것은 아니겠지요. 달랑 한 켤레뿐인 신발은 해지고 닳아 모래톱처럼 되었습니다. 아마 절집에 사는 스님이나 성당에 사는 신부님보다도 원초적인 빈자의 모습입니다.

푸른 밤하늘 달빛 사이 반짝이는 별들은 우주를 밝히는 섬 같습니다. 집시 여인은 광막한 이 우주에서 자신의 섬을 찾기 위해 고독한 방랑길을 가는 우리 모습을 닮았습니다.

모래 능선 위로 보름달 뜬 밤, 사막에 쓰러져 잠든 집시 여인한테 사자 한 마리가 다가왔습니다. 무지개 빛깔의 긴 옷을 입은 집시 여인은 사자가 온 것도 모른 채 행복한 미소를 머금고 잠들었습니다.

황금빛 갈기의 수사자는 바오밥나무 친구입니다. 바오밥나무는 초원의 사막지대를 방랑하는 집시 여인과 영혼의 대화를 나누고 싶어 했거든요. 사자는 바오밥나무와 집시 여인이 영혼의 대화를 나눌 수 있도록 영매 역할을 하기 위해 먼 길을 마다하지 않고 왔습니다.

달빛이 사자의 영혼을 싣고 잠든 집시 여인의 영혼 속으로 들어갔습니다.

영혼은 신비한 색깔의 세계입니다. 몸속에 있지만 드러나지 않는 실체가 영혼이지요. 존재하면서 보이지 않는 모습은, 보이면서 존재하지 않는 가상공간 같습니다. 사자의 영혼을 매개로 대화를 나누는 바오밥나무와 집시 여인의 영혼이 드디어 가상공간의 모니터에 모습을 드러냈습니다.

"집시 여인님의 영혼은 순정한 푸른색이군요. 자연의 빛깔이면서도 재현할 수 없는 푸른 영혼의 색이요. 자연의 색을 누구보다 잘 쓴 화가 들라크루아일지라도 결코 모방할 수 없는 푸른빛의 순정함이라고 할까요. 아르헨티나 탱고에 침잠된 푸른빛의 꿈과 갈망이라고 할까요. 백두산 천지에 담긴 쪽빛 호수와 남옥 빛깔의 하늘색처럼 비원을 간직한 신비의 색이라고 할까

요."

"바오밥나무님의 영혼은 우주가 태어나던 때의 연초록빛을 머금었네요. 우주가 처음 열리던 날 터져 나오던 오로라빛 파편 있잖아요? 자연의 진동하는 빛깔을 천재적으로 포착했던 화가 세잔일지라도 감지하기 어려운 연초록빛 말이에요. 가야금 타는 여인의 손끝에서 튕겨 나간 공명음이 별빛에 닿아 말갛게 남은 것 같은 연초록빛이라고 할까요."

바오밥나무와 집시 여인은 서로의 영혼 색깔을 보며 인사를 나누었습니다.

"혼자서 외롭지 않으세요?"

사막을 방랑하는 집시 여인이 무척 외로워 보였는지 바오밥나무가 느닷없이 물었습니다.

"외로움이란 것도 '외롭다' '외롭다' 하면, 그것은 메아리처럼 되돌아와 나를 상하게 합니다. 상처가 덧난 외로움은 병이 되고 죽음에 이를 수도 있지요. 그래서 외롭다고 느낄 땐 차라리 외로움의 무덤까지 내려가보세요. 사람들 내면에는 무덤이 있거든요. 그곳은 죽음의 집이 아니라 생명의 방이에요. 헛되고 부질없는 것들은 묻어버리고 삶의 원소를 생성하는 따뜻한 공간 말이에요. 끊임없이 밀려오고 밀려가는 파도처럼, 외로움도 그곳에서 밀려오고 밀려갈 거예요. 그러니 외로울 땐 외로움의 무덤까지 내려가 그것과 마주하고 가만히 기다려보세요."

"기다리다니! 무엇을 기다린다는 말이지요?"

"외로움이 지나가기를 기다린다는 말입니다."

"외로움이 지나가기를 가만히 기다리다 보면 외로움의 끝에 또 다른 외로움이 보이지요. 외로움이나 고독은 사막에 펼쳐진 모래알 같은 것입니다. 우주의 거대한 모래섬! 외로움의 사막에서 외롭다고 안간힘 쓴들 그 섬을 탈출하기는 불가능합니다. 인간의 힘으로는 어찌할 수 없는 거대함이니까요. 누가 사막을 옮겼다는 소릴 들어보았나요? 누가 모래알을 백…… 천…… 만…… 십억…… 백억…… 하며 세어본 사람이 있나요?

외로움은 헤아릴 수 없는 것입니다. 외로움을 극복하려고 하지 말고 지나가기를 가만히 기다려보세요. 아름다운 것들, 사랑스러운 것들도 우리 곁에 오래 머물지 않듯 외로움도 한순간 머물다 가는 바람 같은 것이니까요."

바오밥나무는 가만히 기다려본다는 집시 여인의 말이 더 궁금해졌습니다.

"그럼, 기다림의 끝은 무엇인가요?"

"시간을 보세요! 시간은 외롭다고 자신을 탓하지 않고 지나갑니다. 시간의 끝은 시간이고 외로움의 끝은 외로움이지요. 그러나 외로움의 끝에 자리한 외로움은 그 빛깔의 뉘앙스가 다릅니다. 그것은 외로움을 견뎌낸 자만이 알 수 있는 것입니다. 사람이나 맛난 음식, 술, 여흥과 새로운 것에의 탐닉, 여행 등은 외로움을 완화시켜줄 순 있지만 근본적으로 치유하지는 못하지요. 외로움으로부터의 도피를 꿈꾸지 말고 외로움과 마주하고 외로움의 이야기를 들어주다 보면, 어느 순간 외로움이 지나간 흔적을 보게 됩니다. 낯설지 않으면서 낯선 아름다운 흔적을요. 외로움을 견뎌낸 이만이 외로움을 알 수 있습니다."

집시 여인이 바오밥나무를 위해 만돌린을 퉁기며 노래하고 있습니다. 바오밥나무는 눈을 지그시 감은 채 집시 음악을 듣습니다. 영혼이 담긴 집시 여인의 만돌린 소리, 한 영혼에 꽃을 피웁니다.

"집시 여인님은 가진 게 없어 보이는 데 삶이 불안하진 않으세요? 좋은 집이나 땅, 금덩이, 예술품, 명품 옷, 골동품, 노후를 보장하는 통장 잔고, 화려한 인맥…… 인생의 성공과 삶의 안락함을 보장해주는 그런 것들 있잖아요."

바오밥나무는 집시 여인이 안쓰러워 보였는지 자신도 모르게 그런 말을 했습니다.

"바오밥나무님! 마음에 사막의 별빛을 담아보셨나요? 초승달에서 그믐달로 변해가는 달빛도 담아보셨나요? 그것이 얼마나 커야 별빛과 달빛을 담을 수 있을까요? 제 안에는 별빛과 달빛을 담을 수 있는 마음의 자루가 있답니다. 해맑은 이슬 맛은 보셨어요? 바람이 들려주는 밀어와 눈부신 햇빛의 달콤함도 있네요! 기름진 삶에 길들여진 구속당한 인생보다 자유라는 이름의 방랑이 내 삶의 방식이랍니다."

집시 여인은 자신이 소유한 물건들, 나무 지팡이, 물병, 만돌린, 담요 한 장, 입고 있는 옷 한 벌을 가리키며 살아가는 데는 그렇게 많은 게 필요한 건 아니라고 말하고 있습니다.

"삶은 행복하신가요, 집시 여인님?"

"바오밥나무님은 행복하세요?"

집시 여인이 되묻자 바오밥나무는 잠시 생각에 잠겼습니다.

"누구에게나 행복한 때가 있었을 거예요. 다만 기억하지 못할 뿐이죠. 행복이 머문 때는 무어라 이름 지을 수 없는 아주 평범한 순간들이에요."

집시 여인은 바오밥나무의 눈을 바라보며 이야기를 이어갔습니다.

"행복은 그것을 받아들일 수 있는 마음이 준비되어 있어야 찾아온답니다. 유토피아란 말을 한번 떠올려보세요. 유토피아는 그리스어로 '어디에도 없는 땅'이란 말인데, 그곳은 몽상가들이 꿈꾸는 땅이 아니라 바로 우리 안에 존재하는 이상향이지요. 그곳은 이 세상 어디에도 존재하지 않는 땅이지만, 내가 유토피아를 어떻게 받아들이느냐에 따라 실존하는 행복이 되는 것입니다."

집시 여인은 말을 마친 뒤 휘파람을 불며 다시 만돌린을 퉁기기 시작했습니다.

그녀가 부는 휘파람 소리 맑고 청아하여 사막의 밤에 잠든 정령들을 토닥여줍니다. 사막엔 첫눈이 내렸는지 은빛으로 뒤덮였습니다. 그녀를 바라보는 사자의 눈에도 첫눈이 내렸는지 은빛 달그림자가 서성입니다.

사막을 방랑하는 집시 여인에게 광기 같은 외로움이며, 천둥 같은 고독이며, 공기처럼 떠다니는 스트레스, 불안한 균열을 일으키는 마음은 존재하지 않습니다. 일터에서 혹시 쫓겨나진 않을까 하는 조바심도 없습니다. 인생이 허무할 리도 없습니다.

허무라는 건 상실당한 마음에서 생기는데 그녀한테는 애초에 상실을 느낄 만한 그 무엇이 없으니까요. 지팡이를 꼭 잡고 잠든 집시 여인은 우리가 잃어버린 것을 가지고 있는지 모릅니다.

어쩌면 우리 모두는 사막에서 지팡이를 부여잡고 잠든 또 한 사람의 집시인지 모릅니다.

무당벌레

'행운'을 상징하는 벌레 이름을 들어보셨나요?

과연 어느 벌레가 우리 별에서 행운을 뜻하는 이름을 차지했을까요?

집게벌레?

물방개?

반딧불이?

장수하늘소?

사슴벌레?

보르네오, 자바, 말레이시아, 수마트라에 사는 바이올린딱정벌레?

멕시코, 콜롬비아, 베네수엘라에 사는 코끼리장수풍뎅이?

아프리카 열대 지역과 마다가스카르 토착종인 형광맵시꽃무지 딱정벌레?

한국, 중국, 일본, 카자흐스탄, 몽골, 러시아에 사는 황철거

위벌레?

스칸디나비아, 시베리아, 독일, 스코틀랜드에 사는 북방짝발잎벌레?

북아메리카에 사는 톱물땡땡이 딱정벌레?

전 세계에 사는 거짓쌀도둑거저리 딱정벌레?

……

……

……

과연,

과연,

누구일까요?

'행운'을 상징하는 벌레 이름은……

그 이름은

바로,

'무

당

벌

레'

입니다!

독일 사람들은 무당벌레를 행운의 상징으로 여깁니다.

옛날부터 와인 문화가 깊은 중세 유럽에서 포도 농사를 짓는 농부들에게 진딧물은 골칫거리였다고 합니다. 진딧물 때문에 포도 농사를 망칠 지경이었으니까요.

유난히도 진딧물이 극성을 부리던 어느 해였습니다. 순박하고 가난한 농부들은 성모마리아님께 진딧물을 물리쳐달라고 간절히 기도했습니다. 농부들의 눈물 어린 진심을 성모마리아께서 들으셨는지, 갑자기 무당벌레 떼가 나타나 진딧물을 먹어치우는 기적이 일어났다고 합니다.

그래서인지 '마리엔케퍼Marienkäfer'라고 불리는 무당벌레 이름에는 성모마리아를 뜻하는 '마리엔'이 들어가 있습니다. 그러니 '마리엔케퍼'라는 이름은 곧 '성모의 무당벌레'란 뜻이 되겠지요. 작아서 눈에 잘 띄지도 않는 곤충한테 '성모의 무당벌레'란 이름이라니! 얼마나 고귀한 생명인가요.

'행운의 무당벌레'란 의미에서 '글뤽스케퍼Glückskäfer'라고도 부른다니, 정말 행운을 가져다줄 것 같은 멋진 이름이네요. 실제로 무당벌레 한 마리가 하루에 진딧물을 399마리나 먹은 기록도 있고, 알을 낳는 곳 역시 진딧물이 많은 풀이나 나무의 싹이라고 하니 그런 이름이 붙을 만도 합니다.

그런데 무당벌레 한 마리가 시무룩한 표정으로 바오밥나무를 찾아왔습니다.

해쓱한 얼굴의 무당벌레는 기운이 없어 보였습니다.

'무슨 사연이 있기에 저런 모습일까!'

근심 어린 무당벌레를 보며 바오밥나무는 가여운 마음이 들었습니다.

"바오밥나무님! 나는 어디서 왔고, 나는 누구이며, 내 삶은 어디로 가고 있는 것일까요?"

무당벌레는 신세 한탄을 하며 바오밥나무를 바라보았습니다.

바오밥나무는 행운을 가져다주는 무당벌레한테도 존재론적인 고민이 있다는 걸 알고 조금 당황했습니다. 바오밥나무가 움찔했던 것은, 자신에게도 찾지 못한 꿈과 존재에 대한 물음이 있었기 때문입니다. 살다 보면 누구에게나 이루지 못한 꿈과 가지 않은 길에 대한 회한이 있기 마련이지요. 바오밥나무 역시 잠시 그 생각을 했던 것입니다.

무당벌레는 다람쥐 쳇바퀴 도는 듯한 일상에 지쳐 있는 것 같았습니다.

하긴, 그럴 만도 하지요. 무당벌레의 일생이란 게 늘 그렇습니다. 한겨울 동안 바위틈이나 낙엽 밑, 풀뿌리에서 겨울잠을 자다가 4월 무렵 기어 나와 풀잎을 날아다닙니다. 겨울잠을 잤으니 우선 왕성하게 식욕을 채워야겠지요.

망초꽃이나 장미, 왕고들빼기에 붙은 진딧물을 부지런히 잡아먹곤 알을 낳고…… 애벌레가 되고 번데기가 되었다가 마침내 무당벌레로 탈바꿈하는 과정을 반복합니다. 한여름에는 풀뿌리에 숨어 잠을 자고, 다시 가을에 나타나 12월이 되면 겨울

잠에 빠지는 무당벌레의 일생……

특별할 게 없어 보이는 일상에서 무당벌레는 존재의 의미를 찾기가 쉽지 않았나 봅니다. 초저녁 별이 뜨자 바오밥나무는 무당벌레에게 편지를 썼습니다.

"사랑하는 친구 무당벌레에게!

친구의 다소 철학적인 질문에 대해 한 편의 시로 말문을 열까 합니다. 시는 철학을 사유의 언어로 빚은 작은 그림 같은 것이니, 시의 풍경에 들어 산책하다 보면 못 보던 길이 보일 것입니다."

그래 살아봐야지
너도 나도 공이 되어
떨어져도 튀는 공이 되어

살아봐야지
쓰러지는 법이 없는 둥근
공처럼, 탄력의 나라의
왕자처럼

가볍게 떠올라야지
곧 움직일 준비되어 있는 꼴

둥근 공이 되어

옳지 최선의 꼴
지금의 네 모습처럼
떨어져도 튀어오르는 공
쓰러지는 법이 없는 공이 되어.

—정현종, 「떨어져도 튀는 공처럼」

"사랑하는 무당벌레 친구!

시인은 이 시에서 상처받고 부서져 삶이 나락으로 추락할지라도 '떨어져도 튀는 공'처럼, '쓰러지는 법이 없는 공'처럼 떠올라 살아가야 한다는 의지를 역설적으로 말하고 있습니다. 시인이라고 이뤄야 할 꿈에 대해 고통받지 않고, 자신의 삶이 어디로 흘러가는지에 대해 고빈하지 않을까요? 시인이나 무당벌레나 이루어야 할 꿈이 이뤄지지 않는 삶 때문에 고통받는 것은 마찬가지일 거예요.

친구의 꿈은 어디에 있을까요? 아름다움을 뽐내는 꽃과 별과 달도 무지개도 그 답을 대신 찾아주진 못하지요. 어쩌면 친구는 이미 그 답을 알고 있을 것입니다. 다만 친구가 자기 자신에게 믿음을 갖지 못할 뿐입니다. 꿈은 가장 가까우면서 가장 멀다고 할 수 있는 심연에 있습니다. 마음 깊은 곳에 숨겨진 보물이 꿈입니다. 오직 마음의 열쇠로만 열 수 있는 보물의 집 아닐까요."

"무당벌레 친구,

꿈이 안 보인다고 답답해하거나 슬퍼하진 마세요. 꿈은 세상에서 가장 아름다운 보물이기에 보이지 않는 것입니다. 신이 꿈이란 보물을 심연에 감춰둔 것은 그것이 가장 아름답기 때문입니다. 밤하늘의 우주를 보세요. 우리가 관측 가능한 우주의 크기는 반지름만 465억 광년, 총 930억 광년 규모래요. 그 시간 밖의 우주는 헤아릴 길 없는, 시간의 여울에 잠긴 초우주입니다. 우주는 꿈의 시간이 존재하는 공간이지요. 해독 불가능한 우주의 영원한 시간 앞에서 우리는 꿈으로 부딪쳐 꿈의 문을 열어갈 수밖에 없습니다. 꿈이 미지의 시간을 열어가는 것이지요. 우주의 신비를 꿈으로 열어가듯, 삶의 신비를 꿈으로 열어가세요!"

"무당벌레 친구!

'나는 어디서 왔고, 나는 누구이며, 내 삶은 어디로 가고 있는 것일까요?'라고 물었을 때, 나 역시 내 삶의 뒤안길을 헤적여보고 기약 없이 미래의 강으로 흘러갈 시간을 상상했습니다. 화가 고갱도 「우리는 어디서 왔는가? 우리는 무엇인가? 우리는 어디로 가는가?」라는 철학적인 제목의 대작을 그린 걸 보면, 그 역시 삶과 존재에 대한 고민을 누구보다 많이 한 것 같아요. 그것은 시인이나 화가나 무당벌레 친구나 모든 사람들에게 공통된 영원의 물음 같습니다.

시간과 숨바꼭질을 하는 게 삶이고 보면 때로는 정처 없음이 묘약 같다는 생각도 합니다. 강에서 노를 젓는 뱃사공은 물줄기의 시간을 따라갑니다. 뱃사공은 물 흘러가는 대로 노를 잡고 있을 뿐입니다. 바람의 흐름과 유속을 감지하여 마음의 자로 거리를 재고 강 저편에 닿을 때까지 방향을 잡을 뿐입니다.

강물에는 길이 그려져 있지 않습니다. 하지만 보이지 않는 물길은 마음의 길로만 헤아릴 수 있습니다. 삶의 길 역시 마찬가지입니다. 알 수 없는 길이고 가보지 못한 길이기에 삶은 더 살아볼 가치가 있겠지요."

"사랑하는 나의 친구 무당벌레!

나는 친구가 어떤 길을 걷든지, 가는 걸음마다 꽃을 피울 것이라고 믿고 있습니다. 존재에 대한 고민은 이미 친구가 꽃을 피우려는 진통을 시작한 것이니까요.

오, '성모의 무당벌레' '행운의 무당벌레'여!

이제는 그 고귀한 이름에 깃든 위대한 의미를 스스로에게도 돌려주어야 할 때입니다. 친구에게도 행운이 깃들기 바라며!

너를 사랑하는 친구 바오밥나무."

브레멘 뵈트허 골목 거리의 악사

비올라를 연주하는 거리의 악사가 골목을 따뜻한 소리로 채우고 있습니다.

브레멘의 뵈트허 골목에선 지붕 사이로 종소리가 들려오고, 유리 공방 불가마 앞에선 기다란 대롱에 숨을 불어넣어 유리병을 만들고, 책 가게에선 세상에서 가장 아름다운 그림책들을 볼 수 있습니다. 파울라 모더존 베커 미술관을 마주한 골목 창 앞에서 거리의 악사는 비올라를 켜고 있습니다.

거리를 오가는 사람들은 물론 날아가던 새도 나뭇가지에 앉아 음악을 듣고, 골목길을 쏘다니는 고양이, 나풀나풀 날갯짓하던 노랑나비도 선율에 빠져듭니다. 그녀는 비올라 활로 아름다운 소리를 채집하여 사람들에게 들려주는 소리꾼 같습니다. 사람들과 동물들까지 거리의 악사가 켜는 비올라 소리에 감동하는 것은, 소리가 할머니 주머니에서 꺼낸 따스한 햇살처럼 포근하기 때문입니다. 아치형의 빛바랜 붉은 벽돌과 회랑 벽에 길게

Paula Modersohn-Becker Museum
Freie Hansestadt Bremen
Böttcherstraße
Theater
Marktplatz
10DM
10DM
10DM

박힌 오래된 나무들도 비올라 소리에 공명음을 보태줍니다.

바오밥나무도 눈을 지그시 감은 채 음악에 귀를 기울이고, 창가의 장미도 붉은 향기를 짙게 내뿜으며 상념에 잠겨 있습니다.

크라이슬러가 연주하는 「아름다운 로즈마린」보다 더 투명하고 따스한 비올라 음색이 골목에서 창가로, 다시 구경꾼들의 마음에 반사되어 작은 메아리가 됩니다. 특히 거리의 악사가 슈만의 「어린이 정경」 중 '트로이메라이'를 연주할 때는 손수건으로 눈물을 훔치는 사람도 있었습니다. 악사의 비올라 현은 마치 사람의 마음에 추억의 선을 그어 어린 날의 순수한 꿈과 동경, 장난 등 잊힌 시간을 불러내는 것 같습니다.

한참 동안 음악을 들은 바오밥나무가 감동 어린 눈빛으로 거리의 악사와 마주했습니다.

"당신의 비올라 소리에서는 꽃이 피는군요. 봄 언덕에 피는 바이올렛 빛깔 닮은 꽃의 소리 말이에요!"

바오밥나무는 감동이 채 가시지 않은 목소리였습니다.

"세상의 모든 사람 목소리에서, 눈과 입에서도 꽃이 피지요. 당신이 좋아하는 사람을 꽃이라고 불러보세요. 그 꽃은 당신을 위해 미소 짓겠지요. 당신이 미워하거나 싫어하는 사람도 꽃이라고 불러보세요. 그이도 당신 목소리에 마음을 열고 꽃으로 변신하겠지요."

바오밥나무는 그녀가 한 송이 들꽃 같단 생각을 했습니다.

"어떻게 하면 거리의 악사님처럼 비올라를 잘 연주할 수 있을까요?"

"저는 들녘이나 숲속에서 비올라를 연습한답니다. 살아 있는 생명체들의 소리, 즉 꽃과 나무와 새와 곤충, 작은 동물의 소리는 무의식으로 잠든 내 영혼마저 일깨워주거든요. 꽃과 나무가 소리를 못 낸다고요? 마음을 기울여 잘 들어보세요. 꽃과 나무가 부르는 노래를요. 꽃과 나무의 속삭임을요. 누군가의 소리가 들리지 않는다면 마음으로 들어보세요."

바오밥나무는 늪에 빠지듯 거리의 악사 말에 점점 빠져들고 있습니다.

"사람들 사이의 언어 말고 자연에서 우리가 해독할 수 있는 언어는 또 무엇이 있을까요? 가령 사람과 꽃 사이의 말, 사람과 나무 사이의 말 같은 거요. 신기한 것은, 꽃들이 자기를 사랑하는 말과 미워하는 말을 구별한다는 거예요. 설마 꽃들이 사람의 언어를 알 리는 없겠지만 꽃들은 사람이 건네는 사랑의 인사를, 사랑의 언어가 내뿜는 온기를, 사랑의 진동으로 느끼는 것이죠."

"아! 그렇군요."

바오밥나무는 자신도 모르게 맞장구를 쳤습니다.

"사랑의 진동! 저는 소리로 사랑의 진동을 내기 위해 숲이 내는 소리를 먼저 들으려고 하거든요. 숲에서는 소리를 내기보다 자연의 소리를 먼저 들어야 하거든요. 저한테는 숲의 소리가 상상력의 밑천이 된답니다."

거리의 악사는 사랑의 수선공처럼 미소를 지으며 말했습니다.

"거리의 악사님에게 음악은 무엇인가요?"

바오밥나무는 마음에 품고 있던, 쉬운 듯 어려운 말을 건넸습니다.

"인생이 부족함을 채워가는 시간이듯, 음악 역시 삶의 부족함을 채워주는 아름다운 무늬입니다. 음악은 해님처럼 생명이 자라게끔 햇살을 나눠주거든요. 또 내 안에 존재의 리듬을 흐르게 하고 존재의 에너지를 채워주지요. 음악이 사람들의 생로병사를 위무하는 것은, 그 안에 생명의 원천이 있기 때문이에요."

거리의 악사 말을 듣는 바오밥나무의 마음이 햇빛처럼 반짝였습니다.

"가령 드뷔시의 「달빛」이나 「바다」에는 인상 짙은 자연 풍경이 소리에 배어 있잖아요. 음악이 거대한 자연을 재현할 순 없을지라도 자연의 이미지를 소리의 풍경으로 재현하지요. 저는 음악의 결이 생의 고독을 완화시키고 아름다움을 배양하는 면역 세포라고 여기거든요."

"아! 거리의 악사님은 음악으로 사람들 마음을 다독이는 뮤즈군요."

"전 자연과의 교감을 즐기는 거리의 악사일 뿐입니다."

"음악은 정말 사람의 품격을 고양시키고, 상상력의 갈망을 깨우고, 선한 마음을 갖게 하나요?”

“음악의 선율은 사람 본성에 내재한 선함을 담아 올리는 우물의 두레박 같습니다. 영혼마저 쨍하게 만드는 여름날의 맑고 시원한 우물물 말이에요. 땅끝으로 빠져드는 탄식에 부활의 날개를 달아주고, 슬픔이 슬픔의 집을 짓는 비통함에서조차 결국은 정화된 아름다움을 견인하는 게 바로 음악이지요.”

바오밥나무는 고개를 끄덕였습니다.

“음악가들은 자연에서 존재와 인식의 근거가 되는 이데아를 길어 올린 사람들 같아요. 「월광」 소나타와 「전원」 교향곡만 보더라도 자연에서 인간의 꿈과 이상을 찾았잖아요. 음악의 선율에는 사람이 ‘무제약적으로 선하고자 하는 의지,’ 즉 ‘어떤 제약이나 조건도 없이 그 자체로 선한,’* 인간의 선의지를 다른 예술보다 잘 표현한 것 같아요.”

바오밥나무는 마음이 훈훈해졌습니다. 그녀는 집시처럼 살아가는 거리의 악사였지만, 비올라 소리는 흠잡을 데 없이 아름답고 마음엔 음악의 숲이 자리하고 있다는 것을 알았기 때문입니다.

바오밥나무는 음악에 잠겨 먼 우주를 여행하는지, 꿈에 젖어 상상의 나래를 펴는지, 음악으로 또 다른 자아를 만나는지,

* 무제약적으로 선하고자 하는 의지der unbedingt gute Wille: 칸트의 『도덕형이상학』에 나오는 말.

무척 행복한 표정입니다. 그러고 보니 거리의 악사가 켜는 비올라 소릴 들은 바오밥나무도, 사람들도, 꽃과 나무, 새와 나비, 벌레도 기쁨에 넘쳐 있는 것 같습니다. 어쩌면 거리의 악사야말로 시간과 공간을 초월해서 음악으로 생기를 불어넣는 요정인지 모릅니다. 사라사테의 「치고이너바이젠」이 끝나자 그녀는 바르톡의 「여섯 개의 춤곡」을 연주합니다. 정경화나 율리아 피셔의 연주보다 아름다울지 모를 거리의 악사가 내는 음의 광채! 음악이 닿은 브레멘 뵈트허 골목에 햇살이 춤을 추는군요.

거리의 악사 음악에 취한 바오밥나무가 한마디 합니다.

"세상 모든 사람의 가슴에는 작은 음표의 시내가 흐르고 있습니다."

거리의 악사는 광장을 지나 시 청사 옆 브레멘 음악대 동상으로 걸어갔습니다. 붉은 벽돌담 커다란 창가에는 당나귀 등에 올라탄 개와 고양이, 수탉이 탑 모양으로 서 있습니다. 당나귀 앞발을 만지면 행운이 찾아든다는 말에 당나귀 동상 앞발은 항상 황금빛으로 빛나고 있습니다. 거리의 악사는 비올라를 꺼내 다시 연주를 시작합니다. 바오밥나무는 연주를 들으며 『그림 동화』 속 「브레멘 음악대」를 생각했습니다.

먼 옛날, 농장 주인에게 버림받아 음악가가 되기로 결심한 당나귀와 개와 고양이와 수탉은 자유로운 땅 브레멘으로 향했었지요. 상처투성이 동물들은 비록 브레멘에 이르진 못했지만 자신들만의 유토피아를 찾았습니다. 거리의 악사에게는 햇살

내리쬐는 브레멘 골목이 바로 그녀가 찾고 싶었던 브레멘인지도 모릅니다.

당신은,

당신만의 자유로운 땅,

브레멘을 찾으셨나요?

기적을 파는 가게

달동네에 기적을 파는 가게가 생기자 사람들이 구름처럼 몰려들었습니다.

별 볼 일 없는 변두리 작은 산동네였지만, 기적을 파는 가게 덕분에 아스팔트가 깔리고 가로등이 세워졌습니다. 카페와 식당과 꽃집과 책방, 보석 상점이 들어서고 골목까지 사람들로 발디딜 틈 없었습니다. 하나둘 생겨난 점집에서 사람들은 어떤 기적을 살 수 있을지 들뜬 마음으로 복점을 쳤습니다. 달 아래 첫 동네에 있는 가게는 판잣집이었지만, 이 일대는 밤에도 불야성을 이뤘습니다.

기적을 판다는 소문은 그린란드의 이누이트족과 순록, 긴발톱멧새한테까지 퍼져 나갔습니다. 거지와 뒷굽이 닳아 해진 구두를 신은 가장, 노숙자, 생선 가게 아주머니, 외판원, 서커스단 마술사, 미장이, 차력사, 구둣방 할아버지, 맹인 부부, 목수, 뱃사공…… 수많은 사람들이 가게 앞에 줄을 섰습니다. 파타고니

기적을 파는 가게
바보
꽃
Cafe
보석
Konditorei
Bäckerei
Kuchen
행복책방
Gasthof
밥
Beer
Bar

아 원주민도 있었지만, 기적을 사러 온 이들 중 가장 눈에 띄는 사람은 네안데르탈인이었습니다. 사람들은 그가 왜 기적을 사러 왔는지 궁금했습니다.

기적을 파는 가게 앞에선 모두가 평등했습니다. 자기 차례가 올 때까지 번호가 적힌 꽃을 나눠주었는데, 새치기를 한다거나 힘을 쓴다거나 돈이나 권력을 이용한다거나 거짓말을 하면 꽃이 시들어버려 영원히 기적을 살 수 없습니다.

산동네 꼭대기에 살고 있는 바오밥나무가 기적 사는 법을 설명했습니다.

"기적을 사기 위해선 순수한 마음을 가져야 합니다. 기적은 돈으로 사는 게 아니라 순수한 마음으로 사거든요!"

사람들은 크게 웅성거렸고 여기저기서 불만이 터져 나왔습니다. 돈이 많은 사람이거나 동전만 몇 개 있는 사람이거나 권력을 쥔 자거나 공기만 한 움큼 쥔 자거나 박사거나 학교 문턱에도 못 가본 사람이거나, 모두 순수한 마음에 대해 고민하며 불안감을 감추지 못했습니다.

그때 차력사가 나타났습니다.

차력사는 순수한 마음이 힘에 있다고 자랑하더니 벌렁 누웠습니다. 그러자 조수가 하얀 수건을 재빨리 차력사 배에 깔고 그 위에 커다란 바위를 올려놓았습니다. 구경꾼들은 조마조마

한 마음에 침을 꼴칵 삼켰지만 차력사는 끄떡없다는 손짓을 했습니다. 근육 힘줄이 터질 것 같은 차력사의 우렁찬 기합 소리가 "얍! 얍! 얍!" 세번째 나는 순간, 해머를 불끈 쥔 조수가 바위를 내리찍었습니다. 바위는 두 동강으로 쩍 갈라졌습니다. 차력사는 멀쩡하게 일어나 싯누런 금이빨이 햇빛에 반짝일 정도로 만족한 웃음을 지으며, 순수한 마음이 들었다는 타조알만 한 알통을 자랑했습니다.

"순수! 순수한 마음! 그게 대체 어디 있지? 어디다 두었더라."

아무리 뒤져도 순수한 마음이 보이지 않자 당황한 정치인은 손을 번쩍 들었습니다.

"도대체 순수한 마음이 뭐예요?"

정치인은 불만 가득한 표정으로 물었습니다.

"밤이 지울 수 없고 그림자도 지울 수 없고 산마루에 떠오르는 달빛처럼 소박하고 찬란하게 사람 영혼에 스며드는 것! 그것이 순수한 마음이지요."

바오밥나무가 대답하자 "도무지 무슨 말인지 모르겠어. 나 같은 정치인이야말로 순수한 마음이 많으니 국민이 뽑아준 것 아니겠어? 이러다간 기적을 살 수 없을지도 몰라. 어서 다른 방법을 찾아봐야겠군" 하고 말하더니, 정치인은 급히 어디론가 가버렸습니다.

한 손에 빙산 조각을 든 원시인이 나타났습니다. 원시인은 지구온난화로 북극 영구 동결층이 녹는 바람에 3만 년의 긴 잠에서 깨어난 네안데르탈인입니다.

"ö∓⊙× ϫϡ ꭒ℘ ണ ൶ ⌐≃ψ⎵◤ ⌒ɗ◔ ɤ⟩ ɪ ↶ ⋃ ⊥、·ㅣ우리 네안데르탈인은 그 옛날 멸종한 게 아니에요. 56억 7천만 년 후에 이 땅에 다시 오기 위해 북극 빙원 깊은 곳에서 잠든 것뿐입니다"라고 말한 뒤 "⁂ ⵣ ൙ ɸΩ ൫ ൲ ᘓ ᐊ·ↄ⌓ ● ♂ ⁑빙하에서 깨어나지 않고 잠들 자유를 위해 기적을 사러 왔다"라고 소리쳤습니다. 네안데르탈인의 눈동자는 레이저 광선이 나올 만큼 투명하고 서늘했습니다.

이번엔 투기꾼이 발언했습니다.

"기적을 돈으로 살 수 없게 하면 내수 시장이 죽어 경제가 돌아가지 않아요. 이 산동네를 세계적인 테마파크로 개발하여 사람들이 기적을 사고팔 수 있도록 해야 경제가 살아요!"라고 말하는데, 갑자기 바보가 나타나 그의 볼에 뽀뽀를 했습니다.

투기꾼이 소스라치게 놀라 멍하니 서 있자 바보는 "널 사랑해!" 하며 다시 그를 포옹했습니다. 투기꾼은 얼어붙었습니다. 어찌할 바를 모르는 그에게 바오밥나무가 "마음을 받으면 마음이 열립니다"라고 말했습니다. 얼떨결에 투기꾼이 고개를 끄덕였습니다.

꽃이 피고 눈이 내리길 반복했건만, 기적을 사려는 사람들 줄은 늘어만 갔습니다.

드디어 기적을 파는 가게 문이 열렸습니다.

사람들은 저마다 순수한 마음을 주고 기적을 샀습니다. 자물통이 달린 기적 상자를 하나씩 가슴에 꼬옥 껴안고 집으로 돌아갔습니다. 세상을 다 얻은 것 같은 얼굴에는 희망과 행복이 넘쳤습니다. 고통이 삶을 잠식하더라도 두려울 것이 없어 보였습니다.

기적 상자를 품은 사람들은 설령 죽음의 강 앞에 서더라도 운명을 거슬러 살아올 수 있을 것 같은 용기가 생겼습니다. 사람들은 사무치는 감사와 사랑의 감격에 벅차올랐습니다.

자! 그러면 기적 상자에는 과연 어떤 기적들이 들어 있었을까요?

사람들이 저마다의 상자를 열자, 그동안 잊고 살았던 기적이 하나씩 툭 튀어나왔습니다.

어떤 사람은 '지붕에 걸린 무지개' 기적을 보았고, 어떤 사람은 '비 오는 날 산길의 흙냄새를 맡는' 기적을 느꼈고, 어떤 사람은 '밥상에 둘러앉아 식구들이 김치찌개 떠먹는 소리'의 기적을 들었고, 어떤 사람은 '돌각 담 앞에 핀 빨간 접시꽃을 만나는' 기적이 있었습니다.

또 어떤 사람한테는 '시골의 작은 성당에서 울리는 종소리'

기적이 들려왔고, 또 다른 사람은 '삶이 힘들어도 별을 보며 아름답게 살아야 한다고 다짐했던' 기적을 보았습니다.

'쟁기질을 마친 들녘에서 소 목덜미를 쓰다듬는 할머니와 소의 정감 깊은' 기적, 「넬라 판타지아」의 오보에 소리에서 느낀 '깊은 곳까지 박애로 충만한 영혼'의 기적, '무쇠 솥 걸은 화덕 앞에서 콩깍지를 태우던 엄마 모습'의 기적…… 그렇게 기적은 살아 있는 화석처럼 우리 곁에 있었습니다.

사람들이 기적을 파는 가게에서 산 기적은 우리 안에 있지만, 망각한 기적이었습니다. 기적을 파는 가게 주인은 기적이 담긴 상자 안에 새하얀 천을 하나씩 넣어두었습니다. 망각한 기적을 유리구슬처럼 닦으면, 기적의 요술 램프는 꺼지지 않는다고 말입니다.

기적은 이미 우리 안에 살고 있습니다.

6억 년 전의 기억을 간직한 달팽이

여행길에 나선 달팽이가 바오밥나무를 만났습니다.

"어디를 그렇게 바삐 가세요?"

미끄러지듯 길을 가는 달팽이를 보고 바오밥나무가 궁금해 물었습니다.

"정신의 집을 찾아가려고요!"

"정신의 집! 그곳이 어디인데요?"

"내 안에 숨겨진 황무지죠. 별이 탄생하고 꽃씨가 잠들어 있는 곳. 풀 한 포기 자라지 않아 아무것도 없어 보이지만 끊임없이 생명이 자라고 있는 황무지요. 영혼이 쉴 수 있는 신성한 집, 어머니의 숨결이 살아 있는 곳이지요. 그곳에 가면 나를 찾을 수 있을 것 같아서요."

달팽이는 이슬 내린 풀잎 사이를 스쳐 가다 바오밥나무 밑동에 기대 쉬며 이야기를 계속했습니다.

"바오밥나무님의 고향은 어디세요?"

"내 고향은 지구별에서 250만 광년 떨어진 안드로메다은하예요. 우리 조상들은 멀고 먼 옛날 지구별로 왔답니다. 별똥별에 묻어 온 생명의 씨앗이 까마득한 시간 동안 진화하여 바오밥나무가 된 것이지요. 그런데 1만 3,000년 전 어느 날, 우주를 떠돌던 소행성이 지구에 충돌했답니다.

지상에는 천 년 동안 빙하기가 이어졌지요. 그때 우리 종족 나무들도 거의 멸종했는데, 지구가 다시 따뜻해지자 얼어 죽지 않은 씨앗 하나가 천 년의 잠에서 깨어나 자라기 시작했습니다.

바오밥나무들은 한 번 땅에 뿌리내리면 4, 5천 년씩 살아요. 살아남기 위해 지하의 물을 찾아서 수백 미터씩 뿌리를 뻗는 것은 보통이거든요. 바오밥나무들이 나무의 우주처럼 거대한 모습으로 자라는 것은 멀고 먼 고향 안드로메다은하를 좀더 가깝게 바라보기 위해서랍니다."

바오밥나무가 우주를 가리키며 말했습니다.

"달팽이님의 고향은 어디인가요?"

"달팽이들의 고향은 바다랍니다."

"바다요! 달팽이님의 고향이 바다라고요?"

바오밥나무는 깜짝 놀라 되물었습니다. 숲에 사는 달팽이의 고향이 바다라는 게 믿기지 않았습니다. 달팽이는 바오밥나무 그늘에서 오래된 기억을 말하기 시작했습니다.

"6억 년 전쯤 달팽이는 바다에서 살았답니다. 달팽이 몸에는 지금도 바다에서 살았던 흔적이 그대로 남아 있어요. 달팽이의 치설齒舌은 그 옛날 다시마나 미역 같은 바닷말을 갉아 먹기 편리하게 생긴 줄 모양의 혀로, 숲에서 살며 풀잎을 갉아 먹을 때 쓰죠. 지금도 몸속에는 바닷말에만 존재하는 알긴산이라고 하는, 물질을 소화하는 액이 나온다는 게 신기할 뿐입니다."

바오밥나무는 달팽이의 이야기가 너무 신기한 나머지 숨도 삼키지 못하고 계속 듣고 있습니다.

"달팽이의 미끈미끈한 체액은 조개들만의 공통점이죠. 그런데 천만 년 전쯤 바다에서 강으로 이사 온 달팽이가 뭍에 살게 되면서 쓸모없어진 아가미는 퇴화하여 사라지고, 대신 허파가 생겨 숨을 쉬거든요."

"아! 그러고 보니 달팽이님은 뭍에서 살지만 몸속에는 먼 옛날 살았던 바다의 물결 지도가 그려져 있군요. 지금 몸에 새겨진 지도를 보며 바다를 찾아가고 있는 것이군요."

바오밥나무는 달팽이가 말한 정신의 집이 푸른 바다라는 걸 비로소 깨달았습니다.

"달팽이님이 찾아가는 그 집에는 무엇이 있을까요?"

"내가 있겠지요! 나 자신이요! 아주 먼 옛날 집에 두고 떠나온 나. 지금까지의 나를 초극할 수 있는 또 다른 나 말이에요."

달팽이는 계속 말을 이어갔습니다.

"오랜 세월 동안 내 안의 나를 잃어버리고 산 것 같답니다. 숲속의 집에는 먹을 것도 여유롭고 어린 달팽이들도 잘 자랐고 내 몸도 커졌지만, 사는 데 찌들어 정신은 더 초라해진 것 같거든요. 이젠 나를 찾아보고 싶었지요. 바다는 알고 있지 않을까요. 바다는 오래전 내 모습을 물살 깊숙한 곳에서 꺼내 비춰줄 것 같아요. 낯선 곳에서의 내 모습이 궁금했거든요."

바오밥나무도 고개를 끄덕이며 말을 거듭니다.

"낯선 곳에서는 일상에 가려 있던 자신의 모습이 더 잘 보이는 법이지요. 여행자는 어느 골목길에서 마주친 수선화 한 송이 앞에서도 삶의 진리를 깨닫고, 파란 하늘색 물든 이국 소녀의 고운 눈망울에서 새삼스레 사람이 곧 투명한 거울이란 걸 느끼게 되듯이요.

에메랄드빛 햇살 부서지는 산토리니의 하얀 집 앞을 서성여 보세요. 로텐부르크 중세 마을 골목길이나 타클라마칸 사막의 별이 빛나는 밤, 무명 화가가 그림을 그리는 몽마르트르 언덕, 산수유꽃 노랗게 핀 구례 토담집이면 어때요. 잊고 지냈던 꿈과 내 안에 꽁꽁 숨어 있던 낯선 나를 발견할 수 있을지 모르잖아요? 낯선 듯 낯설지 않는 그 길을 걷다 보면, 예전에 미처 몰랐던 또 다른 자아를 만날 수도 있겠지요. 낯선 곳에서의 시간은 사람의 영혼을 정화시키는 묘한 마력이 있으니까요.

달팽이님이 찾아가는 그 집도 마찬가지일 것 같아요. 아주 오래전 달팽이들이 살았으나 지금은 흔적조차 찾을 수 없는 곳.

희미한 기억조차 아스라한 바다겠지만, 그 푸른 물결 앞에 서면 떨리듯 가슴 치는 고동이 느껴질 거예요. 마치 얼마 전까지만 해도 살아계셨을, 어머니가 부재하는 빈집 앞에 섰을 때의 그리운 그 느낌처럼 말이죠. 달팽이님한테는 낯선 바다겠지만, 호기심을 자극하는 세상의 모든 낯선 곳은 실은 낯익은 안식처일지 모릅니다."

달팽이는 바오밥나무의 말을 들으며, 어쩌면 낯선 길이 자신 안에 있는 미지의 길일지 모른다고 생각했습니다.

"길이 아름다운 건 미지로 나 있기 때문이야. 내가 가려고 하는 모든 곳은 길이 될 수 있어. 봉우리 두 갈래 길 앞에 서서 바람이 불어오는 곳으로 걸음을 옮겨봐. 절망을 느낄 때도 있고 의심이 들 때도 있겠지만, 내가 선택한 길이니 걷다 보면 언젠가 바다에 이를 수 있을 거야. 목을 길게 빼고 초원에서 불어오는 바람 냄새를 맡으며 자유를 찾아 묵묵히 걸어가는 기린을 떠올려봐. 긴 목으로 허공에 숨겨진 낯선 길을 찾고 있는 기린처럼 나도 내 안에 숨겨진 길을 찾아가는 거지."

달팽이는 스스로에게 다짐했습니다.

숲에서 껍데기마저 투명한 새끼 달팽이를 발견했을 때 느끼는 신비함처럼, 달팽이 역시 바다를 접하면 그 광휘로운 경이를 어떻게 생각할까요.

사람들 마음에도 느릿느릿 세상을 여행하는 달팽이 하나 있습니다.

당신은 당신 안에 살고 있는 달팽이를 본 적 있으신가요?

사람들은 자기 내면에 나무가 자라는지, 꽃 한 송이가 피는지, 별이 뜨는지, 달빛이 내리는지 잘 모르지만 달팽이는 알고 있겠지요.

정신의 집은 어디 있을까요?

낯선 바다를 향해 먼 길 가는 저 달팽이도 언젠가는 해변에 다다르겠지요. 비록 지금은 소금 바람 불어오는 바다가 너무 멀리 있지만, 느릿느릿, 가만가만, 한 걸음 또 한 걸음 내딛다 보면 그리운 바다가 달팽이 앞에 펼쳐져, 달팽이 안에 푸른 섬 하나 만들겠지요.

3부

슈테른샨체 벼룩시장의 히피한테 산 열정

바오밥나무가 벼룩시장으로 나들이를 했습니다.

이른 새벽부터 벼룩시장이 열린 곳은 북독일 함부르크의 슈테른샨체라는 동네입니다. 지금도 얼마간의 히피 냄새가 남아 있는 이 동네엔 마치 작은 축제라도 벌어진 듯 시끌벅적하군요. 하긴 그렇지요, 벼룩시장이라는 게 사람과 사물 사이에 생긴 추억의 섬, 사람과 추억 사이에 생긴 사물의 섬이니 이런 날은 작은 카니발이라도 벌어지지 않겠어요.

저마다의 추억에 램프를 켠 사물들이 꿈을 꾸는 초현실적인 전람회장이 바로 벼룩시장입니다. 향신료 가게에서 나는 신비한 향이 여행자들을 유혹하는 것처럼, 오래된 사물의 냄새가 벼룩시장을 찾은 이들의 발걸음을 붙잡고 있습니다. 이 동네에서 클래식 LP 가게를 하는 인상 좋은 대머리 아저씨와 함부르크 미술대학 야노쉬 교수와 케제Käse(치즈) 가게 아주머니도, 케밥을 파는 터키 할아버지도 벼룩시장을 구경하고 있습니다.

무명 화가가 쓰던 뭉툭해진 붓 한 묶음과 손때 묻은 유화물감, 어느 귀족이 쓴 것 같은 로얄 코펜하겐 블루 문장이 그려진 찻주전자, 좀처럼 보기 힘든 유겐트슈틸 유리등, 고풍스러운 샹들리에, 몽마르트르를 그린 프랑스 화가의 풍경화, 새장에 든 『헨젤과 그레텔』 동화책, 피에르 푸르니에 첼로 LP 소품집 음반…… 지구상에서 사라진 나라들의 물건도 눈에 띄었습니다. 'DDR'이라는 약어가 인쇄된 구동독 편지 봉투와 우표 그리고 체코슬로바키아란 나라 이름이 선명한 금빛 찻잔과 'CCCP'가 찍힌 소비에트 사회주의 공화국 연방의 사진집과 붉은 별 배지, 구닥다리 연필깎이, 구동독 드레스덴의 조각가가 나무를 깎아 만들었다는 돈키호테 조각상, 에메랄드빛을 띤 파란 잉크병, 딱정벌레가 그려진 빛바랜 카드……

시계추가 움직이지 않는 괘종시계는 샤갈의 그림에 나오는 푸른 날개 꺾인 천사 같고요, 마리화나를 피우는 히피 청년의 퀭한 눈과 헝클어진 머리도 벼룩시장에 나온 옛 물건 같군요. 시간이 멈춘 따스한 공간을 어슬렁거리던 바오밥나무가 무엇인가 찾은 것 같습니다.

"이거 얼마인가요?"

바오밥나무는 '열정'을 발견하곤 조금 흥분된 목소리로 물었습니다.

"3만 유로!"

찢어진 청바지에 산발 머리를 한 히피 청년이 퉁명스럽게 말했습니다.

"얼마요? 3만 유로라고요!"

바오밥나무는 눈을 휘둥그레 뜨고 너무 비싸다며 깎아달라고 했지만, 히피 청년은 들은 척도 하지 않았습니다. 히피 청년은 물건을 팔 생각이 없어 보였습니다. 터무니없는 값을 불러놓곤 병맥주를 마시며 의자에 눕다시피 기대앉아, 독재자 카다피가 썼음 직한 선글라스를 쓴 채 일광욕을 즐기고 있습니다. 독일의 벼룩시장에선 보통 50센트나 1유로, 2유로가 보통이고, 비싸야 5유로, 10유로가 고작인데, 3만 유로라니…… 바오밥나무는 기가 막혔습니다. 이건 벼룩시장을 모독하는, 있을 수 없는 가격이거든요.

턴테이블에 걸어놓은 검정색 레코드판에선 비틀스의 「헤이 주드」와 밥 딜런의 저항기 어린 목소리로 「블로잉 인 더 윈드」가 연이어 흘러나왔습니다. 레코드판을 뒤집어 걸던 히피 청년은 밥 딜런이 영국의 시인 딜런 토머스를 좋아해서 자신의 이름마저 밥 딜런이라고 바꿨다고 바오밥나무에게 설명했습니다. 그는 밥 딜런이 성자거나 우리 시대의 마지막 음유시인이라고 말했습니다.

히피 청년은 밥 딜런의 노랫말이 딜런 토머스나 엘리어트, 셰익스피어의 시보다 더 위대하다며, 그의 노래 「노킹 온 헤븐스 도어」가 들려오자 마치 자신이 천국의 문을 두드리기라도 하는 듯 지그시 눈을 감고 두 손을 치켜든 표정을 지었습니다. 벼룩시장에 온 구경꾼들도 흥겹게 노래를 따라 부르며 어깨춤을 추기도 했습니다.

사람들은 커다란 원형 화로 숯불에서 먹음직하게 익은 소시지를 사서 맛있게 먹기도 하고, 즉석 생맥주를 마시며 즐겼습니다. 파란 눈을 지닌 금발의 여자아이는 헝겊을 덧댄 인형을 꼭 안고 소꿉놀이하던 것을 팔고 있고, 오드리 헵번 스타일의 망사 레이스 모자를 쓴 할머니는 검정색 낡은 구두 한 켤레와 브로치, 괴테 책과 하이네 시집, 사발시계 하나 그리고 비닐봉지에 든 몽당연필 한 묶음을 팔고 있습니다. 몽당연필들은 할머니의 삶이 줄어든 것처럼 보입니다.

노부부는 자신들과 평생을 함께한 찻잔들과 직사각형 모양의 아담한 그룬디히Grundig 진공관 라디오를 가져왔습니다. 한 아주머니는 풀 먹여 곱게 다림질한 테이블보와 손수건을, 어느 아저씨는 알루미늄 도시락과 빛바랜 도자기를 가져와 펼쳐놓고 새 주인을 기다립니다.

벼룩시장은 할머니, 할아버지부터 아이들에 이르기까지 전 세대가 쓰던 물건들이 소통하는 자리 같군요. 누군가는 이 사물들을 가져가 새 생명의 숨결을 불어넣겠지요.

바오밥나무는 히피 청년이 파는 '열정'을 사기 위해 계속 깎아달라고 사정했지만 그는 들은 척도 하지 않았습니다. 히피 청년은 젊은 날의 혁명과 낭만을 상징하는 체 게바라 얼굴이 크게 새겨진 티셔츠를 입고 있었습니다. 체 게바라 베레모를 눌러쓰고 시가를 입에 문 채 연기를 내뿜는 히피 청년은 삶의 혁명을 꿈꾸는 혁명가 같았습니다. 바오밥나무는 히피 청년의 내면에 혁명가의 열정이 숨어 있다는 걸 눈치챘습니다.

"당신은 혁명가인가요?"

바오밥나무가 물었습니다.

"우리 모두는 혁명가지."

히피 청년이 대답했습니다.

"사람들은 모두 자기 삶의 혁명을 꿈꾸는 혁명가입니다. 삶에서 혁명의 다른 이름은 꿈일 수도 있고, 열정일 수도 있고, 때로는 허무도 그 안에 포함되지요. 사람들은 누구나 자기만의 방법으로 혁명을 꿈꾸고, 나는 히피적인 방식으로 세계를 보고 혁명을 꿈꾼답니다."

히피 청년이 말하는 동안, 바오밥나무는 그의 눈을 통해 나오는 어떤 열정을 가만히 들여다보았습니다.

"당신이 꿈꾸는 삶의 혁명은 무엇을 얻으려는 건가요?" 바오밥나무가 묻자 "내가 꿈꾸는 삶의 혁명은 무엇을 버리려는 겁니다" 하고 히피 청년이 대답했습니다.

그는 무엇을 얻으려고 열중하는 마음뿐만 아니라, 무엇을 버리려는 마음도 혁명이라고 말했습니다.

Nothing

"베토벤의 피아노 소나타 23번 「열정」을 들어보세요. 격정적인 열정과 운명의 폭풍우가 몰아치는 것 같은 소리에는, 한없이 내면으로 잦아들어 고뇌마저 투명해지는 슬픔의 안식이 담겨 있죠. 마그마 같은 열정은, 열정의 아주 작은 부분에 불과해요."

히피 청년은 바오밥나무에게 자신이 갖고 있는 열정에 대해 설명했습니다.

"그런데 왜 열정을 사려는 것이죠?"

히피 청년은 열정을 사려는 바오밥나무가 좀 의아했던지 웃으며 되물었습니다. 그 웃음 뒤에는 당신이 생각하는 열정은 무엇이냐는 무언의 물음도 들어 있었습니다. 왜냐하면 벼룩시장에 온 사람들 중 그 누구도 열정을 사려는 사람은 없었거든요. 열정이 잘 보이지 않아서일까요? 아니면 삶에 지쳐서일까요?

"열정을 선물하고 싶어서요."

바오밥나무가 말했습니다.

"열정을 도둑맞은 사람…… 열정을 잃어버린 사람…… 열정을 폭발시키지 않는 사람…… 열정이 식어버린 사람…… 열정을 끌어안고 나누어주지 않는 사람…… 열정 사이에 한 줄기 바람이 필요한 사람…… 열정이 무엇인지 모르는 사람…… 그런 사람들에게 열정을 선물하고 싶어서요."

히피 청년은 바오밥나무의 말을 가만히 귀 기울여 듣더니 깜짝 놀랄 말을 했습니다.

"그럼, 열정을 그냥 가져가세요!"

"네! 열정을 공짜로 가져가라니요?"

바오밥나무는 놀라며 "3만 유로에서 한 푼도 깎아줄 수 없다고 했잖아요?"라고 따지듯 되물었습니다.

"열정은 사고파는 게 아니라 그걸 필요로 하는 이에게 아낌없이 주는 것이지요. 당신도 열정이 필요한 누군가에게 줄 것이라고 믿으며 그냥 드립니다. 소중히 간직했다가 열정이 필요한 사람에게 나눠주세요!"

히피 청년은 그렇게 말하곤 화가 에곤 실레의 꽃 그림이 그려진 카드도 한 장 덤으로 주었습니다. 빛바랜 카드에는 붉은 골무꽃이 그려져 있었습니다.

"붉은 골무꽃의 꽃말은 '숨길 수 없는 열정'이랍니다. 꽃이 아름다운 것은 숨길 수 없는 열정을 숨기고 있기 때문일지 몰라요." 히피 청년이 말했습니다. '열정'과 '붉은 골무꽃' 그림 카드를 건네받은 바오밥나무는 "숨길 수 없는 열정이라! 숨길 수 없는……"이라고 독백하며 그것들을 들여다보았습니다.

히피 청년은 바오밥나무와 헤어지기 전에 마지막 말을 덧붙였습니다.

"열정을 가진 사람의 내면에는 수없이 많은 날개가 숨겨져 있습니다!"

나무 마법사 숨숨

나무에 숨겨진 별과 꽃과 해와 달그림자, 천둥, 우박, 눈송이, 바람, 빗줄기를 불러내는 나무 마법사 숨숨이 살았습니다.

그는 세상 사람들이 외면한 버려진 나뭇조각들, 홍수에 뿌리 뽑힌 나무들, 산불에 쓰러진 나무들, 벌레 먹어 속이 빈 나무들, 번개 맞아 검게 탄 나무들, 가뭄에 말라 죽은 나무들 그리고 전기톱에 잘려 나간 가로수 등을 찾아다녔습니다. 그가 숨을 불어넣으면 죽은 나무도 숨을 쉰다고, 사람들은 그를 나무 마법사 숨숨이라 불렀습니다.

나무 마법사 숨숨은 나무가 말하는 소리를 알아들었습니다. 그는 세상에 존재하는 것들은 모두 자기만의 언어가 있다고 믿었습니다. 사람이 나무의 말을 알아듣지 못하는 것은, 사람만이 말을 한다고 여겨 사물의 언어를 들으려 하지 않기 때문이라고 생각했습니다.

밤이면 별에게 가는 길을 열어주고

아침이면 햇빛으로 푸른 공기를 빚어

사랑이란

숲의 공명처럼 울리는 것임을

행복이란 누군가에게 초록 잎 하나 돋게 하는 것임을

나무는 알게 해주었다네

나무를 쓰다듬으며 말 건네면

곧추서 있거나 누워 있거나

나

무

는

깨어 있는 시간이 네게로 가고 있다고

침묵하는 바람결을 흔들어주었지

나무 마법사 숨숨은 나무들에게 끊임없이 말을 건네면서 그들의 소리를 들으려고 귀를 기울였습니다. 봄 여름 가을 겨울 그는 매일 나무를 어루만지며 나무 등걸에, 뿌리에, 눈 쌓인 가지에, 새순에 그리고 가벼워지기 위해 마지막 잎사귀마저 내리는 나무에게 말을 했습니다. 그러면 나무는 지나는 바람을 불러 속삭이거나 가지에 앉은 휘파람새한테 맑고 청아한 노래를 불러달라고 했습니다. 죽은 나무들만 찾아다니는 나무 마법사 숨숨이 신기했는지 바오밥나무가 물었습니다.

"나무 마법사님은 왜 죽은 나무만 찾아다니세요?"

"그 나무들은 죽은 게 아니니까."

"네! 죽은 나무가 아니라니요?"

"그럼, 그 나무들을 왜 죽었다고 생각하지?"

"……"

뿌리 뽑혔거나 햇빛을 받아 탄소를 산소로 변화시키지 못하는 나무는 생명이 다한 것이라고 말하고 싶었지만, 바오밥나무는 아무 말도 하지 못했습니다.

"나무는 살아서도 나무고 쓰러져 있어도 나무라네, 친구."

"……"

나무는 죽어도 죽지 않는다는 말에 바오밥나무는 그의 눈을 가만히 바라보았습니다.

그는 바오밥나무를 어루만지며 나무의 신비에 대해 이야기합니다.

"태어난 모든 것은 언젠가 반드시 사라져가지만, 나무는 시간에 존재하면서도 시간을 초월하지. 왜냐하면 나무라는 사물의 마음에는 '신성한 실재'가 있거든. 그것을 다른 말로 하면 영혼이라고도 부르지. 영혼은 영원한 것인데 영원은 끝이 없는 시간의 지속을 의미하거든. 나무가 영원한 것은 사람과 달리 죽은 뒤에도 영혼이 떠나지 않기 때문이야."

"영혼이 그대로 있다고요!"

"그럼, 나무의 영혼은 불멸한다네."

바오밥나무는 나무의 영혼이 소멸되지 않는다는 말이 신비로워서 다시 질문을 했습니다.

"나무의 영혼이 불멸한다는 걸 어떻게 알 수 있나요?"

눈을 지그시 감고 잠시 명상에 잠긴 나무 마법사 숨숨은 낡고 오래된 가방에서 무엇인가를 꺼냈습니다. 고릿적 피리였습니다. 그가 피리를 불자, 맑고 깊은 소리가 숲에 울려 퍼졌습니다. 바오밥나무는 투명한 슬픔에 그만 침묵에 잠겼습니다. 피리 선율은 풀벌레 소리처럼 영원한 순간을 포착한 정령들의 노래 같기도 하고, 체념, 비애가 응어리져 있으면서도 질긴 생명력이 느껴지는 소리 같았습니다.

"단풍나무나 가문비나무, 로키산맥의 무릎 꿇은 나무로 만든 바이올린 소리나 티베트 대나무로 만든 피리 소리, 울릉도 오동나무로 만든 거문고 소리를 들어보았는지?" 나무 마법사가 묻자 "아! 영원한 생명의 소리가 울릴 것만 같아요" 하고 바오밥나무가 대답했습니다.

"어디 그뿐인가, 세상의 모든 나무로 만든 악기들은 저마다 색깔 다른 공명음을 내는데, 그게 바로 영혼의 소리일세. 나무들만이 낼 수 있는 영적인 진언이라고 할까! 나무들만이 보여줄 수 있는 초월적인 풍경이라고 할까! 그러니 나무들은 죽어도 죽은 게 아니고 영혼이 남아 생의 못다 한 이야기를 소리로 들려주는 게지. 꽃피우고 열매 맺기까지의 기다림과 엄혹한 자연이

주는 고통과 자기 내면의 그늘을 이겨낸 나무들이 아름다운 소리를 들려주는 것은 그런 이유지. 나무들은 자연의 어머니라네, 친구. 바오밥나무 그대도 우리 인간의 어머니지. 나무는 영원한 지금을 사는 존재거든."

바오밥나무는 자기 자신도 모르던 나무 이야기에 부끄러웠지만 작은 깨달음을 얻었습니다. 삶이란 나이테처럼 다양한 무늬가 만들어낸 미완의 그림이며, 순간의 무한한 점이 수놓아져 삶이라는 시간의 선을 만든다는 걸 말입니다.

"나무 마법사님은 어떤 일을 하며 살아오셨나요?"

바오밥나무는 그의 생이 궁금했습니다.

"나는 떠돌이 조각장이라네."

"조각장이요?"

"그래, 버려진 나무들을 깎고 다듬어 생의 다양한 무늬를 보여주는 조각장이."

그는 버려진 나무에서 아름다운 생명의 무늬를 살려내는 조각장이였습니다.

나무 마법사 숨숨은 아무도 거들떠보지 않는 나무들을 끌질하여 곱게 다듬어 긴 막대기 모양으로 조각했습니다. 텅 빈 공간에 세워진 막대기 모양 나무들은 상념에 잠긴 인간의 모습이었습니다. 무엇인가 말을 할 것 같으면서도 침묵에 의지하는 나무 조각은 하나같이 고독해 보였지만, 내면으로 가는 길을 만드는 방랑자 같았습니다.

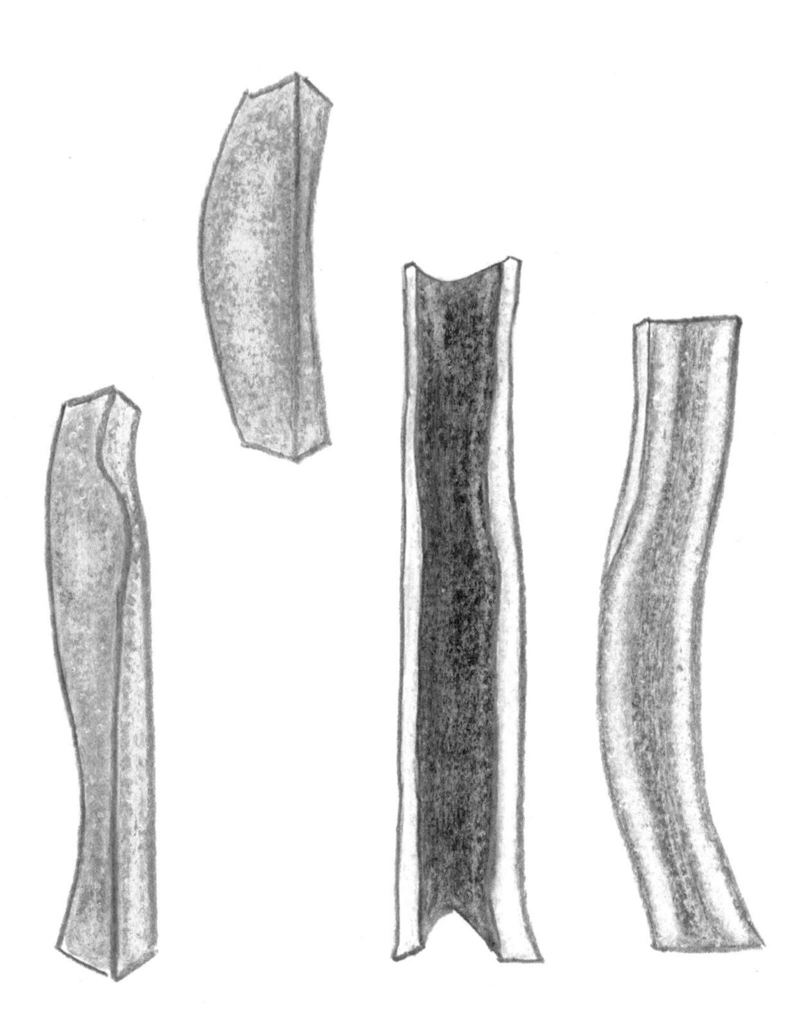

"먹고살기 힘든 세상에서 왜 조각을 하세요?"

"조각이란 삶을 재구성하여 보여주는 것이지."

"삶을 재구성한다고요? 너무 추상적이고 관념적인 말이네요."

"옳지, 바로 그 말이야! 추상적이고 관념적인 보이지 않는 것을 눈앞에 보여주는 일, 그게 바로 조각장이가 하는 일이라네."

"네?"

바오밥나무는 조금 의아한 표정을 지었습니다.

"조각은 말이야, 마음속에 형상 공간을 만들어주거든."

"형상 공간이요?"

"그렇지, 형상 공간! 마음속 생각을 구체화해주는 공간. 그게 바로 조각이거든. 시와 소설, 동화, 사진, 음악이나 그림, 영화, 건축 등도 모두 그 형상 공간을 통해 창조되니까. 형상 공간이란 사람의 심연에 있는 마술 공간이라고 할 수 있지.

조선 시대 백자 달 항아리, 미켈란젤로의 「피에타 상」, 고흐의 「별이 빛나는 밤」, 슈베르트의 「겨울나그네」, 헤세의 『데미안』, 루브르 박물관과 쾰른 대성당 등도 모두 마음속 형상 공간에서 만들어진 것이지."

나무 마법사가 형상 공간에 대해 설명했습니다.

"아! 마음속 형상 공간이란 꿈을 빚어내는 곳이군요."

"그렇다네. 우주 끝까지 상상의 날개를 펼칠 수 있는 공간이지. 독일 사람들은 '형상 공간'을 '빌트라움Bildraum'이라고 부르는데, 우리말로 옮기면 '그림의 방'이라 할 수 있으니 재미있지. 꿈이, 상상이, 그림으로 만들어지는 방이라니!"

"인간의 형상 공간에서 만들어진 것들 가운데 무엇이 제일 아름답고 감동적인가요?"

바오밥나무의 질문에 "허어!…… 허어!"를 연발하며 어려운 질문이라는 듯 고개를 갸우뚱거리던 그는 눈을 치켜떴다간 끔벅거리고, 허공을 바라보더니 갑자기 무슨 대단한 것을 발견한 사람처럼 "옳거니!" 하고 말했습니다.

"뭐니 뭐니 해도 신석기인이 만든 '빗살무늬토기'지. 흙을 불에 구워 토기를 만든다는 놀라움과 토기에 새긴 빗살무늬의 아름다움 말이야! 원시인이 토기에 점과 선을 그어 기하학적 무늬를 만든다는 상상을 한 게 놀랍지 않나? 그야말로 마음속 '그림의 방'에서 만들어진 걸작이라고 할 수 있지. 인간이 기하학적 추상무늬를 토기에 새겼다는 건 얼마나 위대한 생각인가! 인간의 마음과 나무의 영혼에는 빗살무늬가 새겨져 있지."

빗살무늬가 새겨져 있다는 나무 마법사의 말에 바오밥나무는 제 안을 뒤져 형상 공간을 찾았습니다. 그러나 그림의 방은 찾을 수 없었습니다.

"제 안의 그림의 방은 왜 안 보일까요?"

"그것은 무無라네."

"네?"

"존재하면서 존재하지 않는 것. 보이면서 보이지 않는 것. 샘물이 솟듯 마음에서 솟아오르는 것. 바람 같은 것이지. 바람은 존재하지만 보이지 않듯, 형상 공간이라는 그림의 방 역시 바람 같은 것이지. 우연히 불어오는 바람처럼 홀연히 나타나 나뭇잎을 깨우듯 우리 마음을 깨워 상상력의 옷을 입혀놓곤 하지."

"아! 존재와 무 사이에 있는 게 그림의 방이군요."

바오밥나무는 알쏭달쏭한 표정을 지으면서도 무언가 알겠다는 듯 그를 향해 미소 지으며 말했습니다.

"그런데 바오밥나무 친구, 나에겐 오래된 고민거리가 있다네."

"고민이요? 그건 누구나 다 있는 게 아닌가요. 무엇인데요?"

"눈과 손으로 하는 조각이 아니라 심장으로 조각을 하고 싶은데…… 나무는 죽으면 열과 빛과 무늬와 소리의 아름다운 감흥을 주지만, 내 조각은 그럴듯해 보이기만 할 뿐이야. 따뜻한 피가 흐르고 영혼이 숨 쉬는 조각품을 만들고 싶은데…… 평생 나무를 깎았지만 지금도 심장으로 조각하는 법을 몰라 여전히 방황 중이라네. 참 부끄러운 일이지."

그는 숙련된 손이 아니라 마음으로 나무를 다듬어 영혼 깃든 조각을 하고 싶었습니다.

"'인간은 노력하는 한 방황하는 법'*이니, 머지않아 나무 마법사님의 아름다운 방황에도 희망이 찾아들겠지요. 나무 마법사님의 간절한 마음이 희망을 불러올 거예요. 노력하는 한 희망은 간절함을 뚫고 나와 미완성의 시간에 꽃을 피울 테니까요."

"희망은 간절함 속에서 찾아온다!"

바오밥나무의 말을 되뇌던 순간, 나무 마법사 숨숨은 눈앞이 환해졌습니다.

찰나였고, 이내 깊은 침묵과 어둠이 뒤따랐지만 그의 마음 속 '그림의 방'에는 또 하나의 빗살무늬가 새겨졌습니다. 신석기시대 어느 누군가에 의해 토기에 빗살무늬가 새겨진 이래, 아름다움을 찾는 사람들의 방황하는 마음에는 빗살무늬가 새겨져 있습니다.

* 괴테의 『파우스트』에 나오는 말.

엉겅퀴 홀씨의 여행

자줏빛 얼굴로 서 있던 엉겅퀴 홀씨가 먼 여행을 준비하고 있습니다.

여름부터 가을 무렵, 소녀처럼 어여쁘던 작은 엉겅퀴도 진분홍 꽃이 하얗게 세면 길을 떠나야 합니다. 홀씨들의 여행길은 험난해서 자칫하면 목숨을 잃을 수도 있습니다. 그래서일까요, 홀씨들은 꽃의 품에 남아 어리광을 부리고 있군요. 엄마 엉겅퀴는 홀씨들의 새로운 삶을 위해 길을 재촉하는 중입니다.

"아이야! 엄마 품이 좋아도 너는 네 인생을 찾아야 하는 거란다. 여행하다 보면 무서운 천둥 번개도 만나고 비바람에 네 갓털이 다칠 수도 있겠지만, 삶은 얼마만큼의 상처를 필요로 한단다. 인생은 상처를 통해서 완성되는 것! 두려워 말거라."

엄마 엉겅퀴가 홀씨에게 말했습니다.

"엄마! 전 세상 속으로 날아가기가 무서워요. 엄마랑 함께 살면 안 될까요?"

엉겅퀴 홀씨가 시무룩한 표정으로 투정하는군요.

"엄마도 너 같은 홀씨일 땐 그랬단다. 그러나 세상은 넓고 아름다운 곳이지. 여행을 즐기다 보면 들녘에서 새 친구도 만날 수 있고, 푸른 바다 위를 나는 갈매기와 도시의 불빛과 따뜻한 사람들도 만날 수 있단다. 용기를 내렴. 세상은 꿈을 색칠할 수 있는 흰 종이 같은 곳이란다."

엄마 엉겅퀴는 홀씨에게 "널 사랑한단다. 넌 잘할 수 있을 거야!"라고 말했습니다. 홀씨는 용기를 내어 바람에 몸을 맡겼습니다.

바람이 홀씨 몸에 날개를 달아주었습니다. 홀씨는 처음엔 무섭기도 했지만, 어느새 바람을 타며 즐거운 여행을 하고 있습니다.

'아, 날아오른다는 것, 비상은 아름다운 것이구나! 지상에서 하늘로 날아올라 새처럼 자유로워진다는 건 말이야. 미지의 세계를 찾아간다는 건 은밀한 신화를 만드는 게 아닐까?'

홀씨는 바람을 따라 날며 이 생각 저 생각에 잠겨 마음이 설렜습니다.

이즈음이면 해남 미황사 부처님 손바닥에도 엉겅퀴 꽃씨가 날아오겠지요. DMZ 남북한 병사들 총구에도, 버스에서 졸고 있는 여중생 가방에도, 빵을 굽는 아저씨 목덜미에도, 상트페테르부르크 마린스키 극장에서 온 무용수 발끝에도, 백야의 별빛 같은 엉겅퀴 꽃씨 자라겠지요. 구멍가게 앞 돌 틈에 뿌리내린 꽃씨의 위대함이란 아름답게 살아야 하는 존재의 이유였습니다. 어디서 날아왔는지 모를 하얀 홀씨들이 필 때마다 사람들은 얼마나 가슴이 뛰었는지 모릅니다.

지금 먼 길을 여행하는 엉겅퀴 홀씨도 그렇게 설레는 마음일 것입니다.

바람에 실려 가던 엉겅퀴 홀씨 몇은 지리산 자락 토지초등학교 운동장으로 날아왔습니다. 아이들은 신나는 표정으로 홀씨를 손바닥 위에 올려놓고 "후후" 불어 다시 날려 보냈습니다. 섬진강 다슬기 식당에서 다슬기 수제비를 먹던 사람들도 밖으로 나와 바람에 홀씨를 태워 날려 보냈습니다. 숲으로 날아든 홀씨가 바오밥나무 가지에 내려앉아 서로의 말벗이 되어주는 밤, 바오밥나무가 말을 걸어왔습니다.

"아주 먼 곳에서 온 모양이구나. 어디로 가는 길이니?"

"정처 없이 바람길 따라 가는 중이었어요."

"오! 넌 자유로운 영혼을 가졌구나."

바오밥나무가 감탄하네요.

"네. 그러나 제 방랑은 뿌리내려 생명을 틔우기 위한 여정이에요. 전 세상을 아름답게 하는 꽃이 되고 싶거든요."

바오밥나무는 솜털 깃 달린 작은 홀씨가 귀엽고 대견스러웠습니다. 거대한 바오밥나무 가지에 사뿐 내려앉은 먼지만 한 홀씨가 꽃이 되고 싶다는 말이요.

"그래. 꽃을 품고 있는 씨앗은 땅속에 희망의 폭탄을 간직한 게지. 뿌리내린 꽃씨가 신선한 빗물과 햇빛을 받아 꽃을 피우면 그건 우주를 진동시키는 엄청난 일이거든. 우리 눈엔 잘 보이지 않지만 지상에 꽃이 필 때마다, 나무가 꽃을 틔울 때마다 우주는 아름다운 전율을 느낀단다. 엉겅퀴 홀씨야, 넌 꽃이 될 수 있어! 엉겅퀴 홀씨야, 네 몸 안에는 이미 보석 같은 꽃들이 숨 쉬고 있어!"

바오밥나무는 홀씨에게 엄마처럼 말했습니다.

홀씨는 제 몸 안의 꽃을 볼 수 없지만 바오밥나무 눈에는 홀씨마다 들어찬 눈부신 꽃들이, 홀씨가 품은 꽃들의 꿈이 무지개빛으로 반짝이는 게 보이거든요. 마치 엄마가 잠든 아이의 꿈을 엿보며 사랑과 희망을 느끼듯 말이에요.

"파랑새 노래하는 숲이나 달팽이 산책하는 풀숲, 시냇물 흐르는 바위틈이나 나무꾼이 약초를 캐는 산중, 밤이면 고라니 내려오는 마을로 저를 바람에 실어 보내주세요. 엄마 엉겅퀴처럼 꽃이 되어 수많은 꽃씨를 품고 싶어요.

도시의 불빛 반짝이는 빌딩 옥상, 햇빛 한 점 안 드는 지하셋방, 물기 마른 도랑이라도 괜찮아요. 꽃이 피는 것은 고독과 어두운 절망을 이겨내는 거잖아요. 꽃 한 송이는 언제나 아름답지만 꽃을 피우기까진 천둥, 번개, 벼락 치는 길을 수없이 지나

야 비로소 꽃 한 잎, 줄기 한 눈금 밀어 올리는 법. 누군가 꽃을 보며 사랑을 품고 꽃이 된 내가 사랑으로 남을 수 있다면, 저는 지옥문까지 날아가 꽃을 피울 거예요. 그러면 말이에요, 혹시 지상의 한 줄기 빛을 눈앞에 두고 뒤를 돌아본 오르페우스 때문에 다시 지옥으로 떨어진 에우리디케가 꽃을 보고 살아 돌아올지 누가 알겠어요? 가로등 켜진 골목길, 허름한 카페테라스라도 좋아요. 돋보기 쓴 할아버지가 구두를 수선하는 구둣방, 등 굽은 피아니스트 건반 위에서도 꽃은 피잖아요. 바다가 보이는 작은 성당 안 성모상 있는 뜰이거나, 낡은 절집 막새기와라도 좋아요. 바람에 실려가 꽃 피우는 자리가 꽃자리이니까요."

엉겅퀴 홀씨는 바오밥나무에게 어느새 의젓한 말을 하고 있습니다.

바람이……

서서히……

천천히……

가만히……

홀씨를 들어 올리고 있습니다.

바람에 공기처럼 부풀어 올라 다시 먼 여행길에 오르는 홀씨 하나!

자연은 보물을 품고 있는 우주의 거대한 섬입니다.

바오밥나무는 불어오는 바람에 자신의 따스한 숨결을 "후

우" 불어넣어 홀씨 볼에 입맞춤을 합니다.

"안녕! 작은 엉겅퀴 홀씨야."

"안녕! 바오밥나무님."

엉겅퀴 홀씨가 바람에 몸을 싣자 들녘에 핀 자줏빛 도라지꽃과 흰 도라지꽃, 망초꽃 그리고 밭에 핀 깨꽃과 호박꽃까지 아쉬운 작별 인사를 합니다. 그러나 길 떠나는 홀씨와 활짝 핀 꽃들은 알고 있지요. 계절이 순환하면 그리운 얼굴을 다시 만난다는 것을……

숲의 은둔자

숲속에 오두막을 짓고 사는 사람이 산책에 나섰습니다.

바오밥나무는 아침마다 숲길을 거니는 그를 은둔자라고 생각했습니다. 눈 내린 숲길을 걷는 은둔자는 설인처럼 신비해 보였습니다. 숲을 걷다 보면 설인이나 멧새나 눈이 되어, 숲에는 눈 쌓이는 소리만 들려옵니다. 누구의 눈도, 누구의 숲도, 누구의 세상도 아니고, 오직 눈만의 눈, 숲만의 숲, 세상만의 세상을 눈송이처럼 다니는 산책자는 바람 같습니다.

생강나무가 노란 꽃망울을 터뜨려 잿빛 숲을 환하게 하는 봄이 왔습니다. 은둔자는 이슬 젖은 나뭇잎 위를 기어가는 달팽이처럼 느릿하게 거닐며 숲의 소리를 들었습니다. 햇빛의 투명함을 헤아릴 만큼 맑은 눈을 지닌 그는 나무를 쓰다듬으며 행복한 미소를 지었지만, 얼굴에는 온화한 고독이 묻어 있었습니다. 오랜 시간 은둔자를 지켜본 바오밥나무는 그 사람이 궁금해졌습니다.

"은둔자님은 왜 세상을 등지셨나요?"

"바오밥나무님은 세상을 등졌습니까?" 은둔자가 되묻자 바오밥나무는 당황한 듯 잠시 생각하더니 "숲도 세상이지요" 하고 대답했습니다.

"자기 자신이 있는 곳은 어디든 세상이지요. 숲은 해와 달과 별의 시간에 맞춰 살아가는 또 하나의 세상일 뿐입니다."

"혼자 숲에 살면 고독하지 않나요? 은둔자님은 고독을 어떻게 극복하며 지내시나요?"

바오밥나무는 고독할 때가 많아서인지 은둔자도 고독할 것이라고 생각했습니다.

"저 역시 고독하지요. 고독하지만 삶을 사랑해야 하듯 고독 역시 사랑하는 것입니다. 고독을 동화 같다고 생각해보세요!"

"동화요?"

뜬금없이 동화라는 말에 바오밥나무는 은둔자를 쳐다보았습니다.

"누군가 이야기를 들어주길 바라는 동화처럼 고독 역시 누군가 고독한 이야기를 들어주길 바라거든요. 고독은 견뎌내는 게 아니고 극복하는 건 더더욱 아니고, 사랑할 수 있는 한 사랑하는 것이지요. 옷을 입듯 고독과 함께 사는 것이지요. 공기처럼 고독을 호흡하며 사는 게 삶이지요.

들길을 자줏빛으로 물들이는 제비꽃을 보세요. 그 작은 별 모양의 꽃이 질 때면 가느다란 꽃대도 함께 사라진답니다. 열매가 익어 터지면 씨앗은 멀리 퍼져 나가는데, 꽃씨들은 엄혹한 겨울을 온몸으로 버텨냅니다. 봄이 오면 씨앗들은 그 작은 몸에 내장된 센서로 누구보다 빨리 햇빛의 길이와 따듯함의 세기를 감지하여 위대한 새순을 흙 위로 밀어 올립니다.

한번 생각해보세요! 티끌만 한 씨앗 속엔 무엇이 숨겨져 있을까요? 고독 없이 꽃씨가 생명을 여는 게 가능했을까요? 꽃씨가 사랑한 고독이, 땅속 칠흑 같은 어둠마저 사랑한 고독이, 새봄 꽃의 우주를 연 것은 아닐까요? 눈 내리고 대지가 꽁꽁 얼었던 지난겨울, 참선하는 자세로 고독을 견뎌낸 제비꽃 마음을 헤아려본 적이 있으세요?"

은둔자는 제비꽃에게서 고독을 위로받는다고 말했습니다.

"숲은 고독을 완화시키고 치유하는 묘약이더군요. 상처받은 마음 때문에 숲을 찾았다가 나보다 더 고독하게 살고 있는 제비꽃과 나무, 수많은 야생화를 보며 위로받기도 하고 부끄럽기도 하답니다."

은둔자는 바오밥나무에게 숲의 고독과 함께 사는 방법을 말했습니다. 바오밥나무는 은둔자가 아주 오래전부터 알고 지낸 친구 같았습니다.

"은둔자님, 사랑이란 무엇인가요?"

바오밥나무에게도 사랑은 늘 어려운 말이거든요.

"사랑은 수수께끼 품은 상형문자처럼 잘 해독되지 않고 죽기 전까진 소멸하지 않는, 다스리기 어려운 불같은 것이지요. 사랑은 상대방을 제비꽃처럼 아름답게 보는 마음입니다. 사랑은 상대방의 마음에 꽃을 피우는 것입니다. 그러면 상대는 아름다운 꽃 한 송이가 되죠. 꽃 같은 이를 만나면 덩달아 나도 꽃이 되듯, 내 안에 꽃이 있으면 상대방도 내게 꽃씨를 받아 꽃을 피우는 것이지요."

은둔자가 말했습니다.

"은둔자님, 험한 세상을 살아가는 비결은 무엇일까요?"

바오밥나무는 그동안 만난 방랑자들의 고민이 생각나서 잘 사는 비결을 듣고 싶었거든요.

"자신을 숭고하게 여겨야 합니다. 숭고란 자아도취적 자기애가 아니라, 이성적인 자존감을 갖고 자신을 믿으며 사는 것입니다. 들녘에 핀 야생화를 보세요! 그들은 비 내리고 바람 불고 천둥 치는 곳에서 꽃을 피웁니다. 자신에 대한 믿음과 자존감이 없으면 살기 힘든 법이지요. 야생화들이 강한 것은 연약하기 때문입니다. 꽃들은 스스로가 연약하다는 것을 알고 있지요. 그래서 땅에 뿌리를 굳게 박고 비바람에 누웠다가 바람보다 먼저 일어서고, 때로는 꺾이며 꽃 피우는 법을 터득한 것이지요."

바오밥나무는 길 떠나려는 은둔자에게 당신이 사는 법에 대해 말해달라고 했습니다.

"사람들은 누구든 자기 마음의 오지에 살고 있는 은둔자입니다. 야트막한 동네 뒷산이나 작은 숲을 산책하며 자기만의 시간을 탐색하는 것은 내면에 빈집 한 채를 짓는 것이지요. 꿈의 집을 건축한다고 할까요. 숲길을 걸으며 자기 안의 또 다른 나를 만나보세요. 햇빛의 너울과 바람이 전해주는 말을 들을 수 있습니다. 길을 걷다 지치면 나무 기둥에 기대앉아 쉬면 됩니다. 그러면 새들의 노래가 짝을 부르는지, 외롭다는 건지, 사랑의 말을 전하는지, 마음이 아프다고 하는 건지를 알 수 있습니다.

나는 세상을 등진 은둔자가 아니라, 마음의 오지에 집 한 채를 짓고 있는 건축가입니다. 꿈을 짓는 건축가라고 할까요, 몽상을 그리는 화가라고 할까요. 살아갈 날을 위해 행복의 교향시를 작곡하는 음악가라고 할까요."

은둔자가 말했습니다.

바오밥나무는 은둔자의 이야기를 들으며 사람들 마음에는 아름다운 빛깔을 지닌 숲이 있다고 생각했습니다. 바오밥나무는 은둔자가 전해줄 다른 숲 이야기를 기다리기로 했습니다.

별로 간 자벌레

바오밥나무에는 수많은 애벌레들이 살아가고 있습니다.

애벌레들에게 바오밥나무는 거대한 우주입니다. 키가 20미터에 둘레가 40여 미터라 어른 12~14명이 두 팔을 벌려 감싸야 할 정도니 그럴 만도 했습니다. 나무는 폭풍우가 몰아쳐도 애벌레들을 아늑하게 품어주었습니다. 오랜 가뭄이 들어도 애벌레들은 큼직한 잎을 갉아 먹고 나무가 내준 수액을 빨아 먹으며 살 수 있었습니다.

애벌레들은 바오밥나무가 밤이면 별 나무로 변신하는 마법의 나무라고 생각했습니다. 왜냐하면 애벌레들이 우듬지를 올려다보면 나뭇가지마다 푸른 별들이 반짝반짝 빛나고 있었거든요. 그래서 바오밥나무에 사는 애벌레들은 언젠가 별에 갈 수 있다고 생각했습니다.

어느 햇볕 좋은 날, 애벌레들은 나뭇잎을 배불리 갉아 먹고 여행길에 나섰습니다. 별로 여행을 가는 날이었습니다. 애벌레들의 모습이 출발선에서 쏟아져 나온 마라토너들처럼 바람결에 출렁이며 장관을 이뤘습니다. 빨강 애벌레, 초록 애벌레, 분홍 애벌레, 파랑 애벌레, 노랑 애벌레, 호랑 애벌레…… 제각각 색깔을 지닌 애벌레들은 자기만의 무늬를 뽐내며 여행을 했습니다.

앞서거니 뒤서거니 하면서 걸음을 재촉하는 애벌레들이 있는가 하면, 가만가만 파란 하늘과 뭉게구름을 쳐다보는 애벌레, 또 어떤 애벌레는 연둣빛 바오밥나무 꽃에 붙어 향기도 맡고, 몇몇은 나무의 정령에게 말을 걸어보기도 하고, 갓 태어난 아기 애벌레들은 탐스러운 잎에 거꾸로 매달려 장난을 치기도 합니다.

애벌레들은 목표가 있었지만 목표마저 의식하지 않고 기어가며, 다른 애벌레들이 가는 대로 이리저리 몰려다니면서 별로 향했습니다.

나무에 난 커다란 굴을 지나 모두 부지런히 길을 가는데, 작은 애벌레 한 마리가 멈춰 서서 꼼짝도 하지 않았습니다. 작은 애벌레는 시무룩한 표정으로 다른 애벌레들을 바라볼 뿐 장승처럼 있었습니다.

"작은 애벌레야, 왜 멈춰 서 있니?"

바오밥나무가 묻자 작은 애벌레는 다른 애벌레들을 가리키며 아무 말도 하지 않았습니다.

"왜? 다른 애벌레들이 왜?"

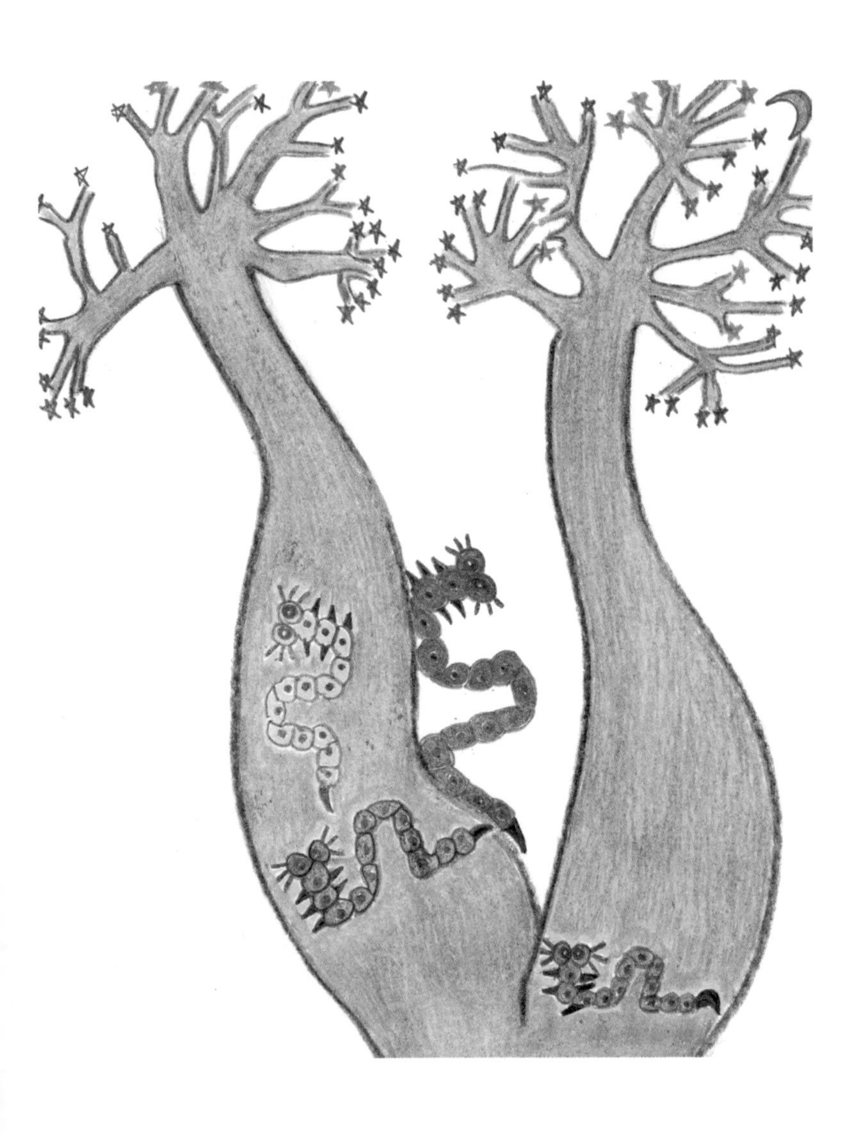

바오밥나무는 말을 재촉했습니다.

"다른 애벌레들의 기어가는 모습이 나와는 아주 달라요! 내가 이상해 보이거든요."

작은 애벌레는 심각한 표정을 지으며 말했습니다. 그러고 보니 다른 애벌레들은 얼굴을 제외한 몸 전체에 여러 쌍의 발이 나 있어 꿈틀꿈틀거리며 제법 빠른 속도로 가고 있었습니다. 바오밥나무는 작은 애벌레한테 한번 움직여보라고 했습니다. 작은 애벌레의 움직임은 바오밥나무도 처음 보는 이상한 모습이었습니다.

자세히 보니 작은 애벌레에게는 가슴에 세 쌍, 배 끝에 한 쌍의 발만 있었습니다. 그래서인지 몸을 앞으로 쭉 뻗은 후 꼬리를 가슴까지 붙였다 떼었다를 반복하며 앞으로 기어가야만 했습니다. 이렇게 꼬리를 가슴까지 당길 때면 고리 모양이 만들어져 특이해 보였던 것입니다.

바오밥나무는 잠시 생각에 잠기더니 낙심해 있는 작은 애벌레한테 말했습니다.

"작은 애벌레야! 우리 모두는 서로 다른 '차이différence'를 가지고 있단다. 우리 모두는 서로 같을 수 없거든. 해와 달이 같고, 해와 별이 같고, 달과 별이 같다고 생각해보렴. 들녘에 핀 꽃들도 그냥 꽃이 아니라 제각기 자기만의 색깔과 향기와 이름을 지녔거든. 그런데 너는 지금 '차이'를 동일성이란 함정에 가

두며 슬퍼하고 있단다. 다른 애벌레들보다 많이 부족한 발의 '차이'를, 그냥 있는 그대로의 '차이'로 받아들이면 어떨까? 분명, 다른 애벌레들한테 없는 너만의 장점이 있을 거야."

"'차이'를 '차이'로 받아들이라고요?"

작은 애벌레가 되물었습니다.

"그렇지! '차이'를 '차이'로 생각해보렴. 자기한테 무엇이 결핍되어 있다는 '차이'를 알게 되면, 머지않아 결핍이라는 알껍데기를 깨고 날아오르는 희망을 볼 수 있거든. 작은 애벌레야, 대자연의 모든 사물들은 '차이'가 있단다. 사물들은 그 '차이'를 통해 비로소 다른 사물들과 자기를 구별할 수 있지. '차이'의 '반복répétition'이 계속되다 보면, 그것이 너를 새롭게 변화시킬 거야. '삶을 변화시키자'라는 시인 랭보의 명제처럼 '다르게 생각하기penser autrement'를 통해 차이를 받아들이면 어떨까?"

바오밥나무는 유대교의 현인 랍비처럼 애벌레에게 말했습니다.

"작은 애벌레야, 네 이름은 '자벌레'란다. 네가 기어갈 때 뼘을 재듯 가는 모습이 자로 재는 것 같아서 붙여진 이름이지. 자벌레! 얼마나 멋진 이름이니!"

바오밥나무가 말했습니다.

"내가 자벌레라고요?" 작은 애벌레가 신기한 듯 되묻자 바오밥나무는 "그래, 자벌레! 너는 너만의 방식으로 살아가는 우주의 단 하나밖에 없는 존재거든" 하고 말했습니다.

"신이 한쪽 주머니에 결핍을 주었다면 다른 한쪽 주머니엔 분명 희망이 들어 있을 거야. 상처가 아물면 새살이 차오르듯 상실된 자리에는 분명 희망이 들어차 너를 성장시킬 거야. 다른 애벌레들보다 발이 부족하기 때문에 넌 한 땀 한 땀 온몸으로 생을 밀고 가는 거란다. 자벌레야! 태생적으로 모자란 발의 설움을 온몸으로 밀고 가며 극복하는 네가 자랑스러워. 자벌레야! 남들보다 무엇인가 모자란다는 것이 불만족스러울 수 있지만, 모자람의 방 어딘가에는 모자람을 채울 수 있는 가능성의 빈 함들이 숨어 있을 거야."

별은 멀리 있었지만 별이 빛나는 한, 자벌레는 온몸으로 삶을 밀고 갔습니다. 자벌레는 별나라로 가면서 파랑 자벌레를 만났습니다. 얼마쯤 가다가는 빨강 자벌레도 만나고 노랑 자벌레도 만났습니다. 모두가 몸을 고리처럼 만들며 기어가고 있었습니다. 이상한 모습이 아니라 아름다운 모습이었습니다. 새로운 색깔의 친구들을 계속 만날 때마다 자벌레는 바오밥나무한테 들은 '차이'와 '반복' 이야기를 들려주었습니다.

"'차이'를 '차이'로 받아들여야 해…… 삶은 온몸으로 밀고 가는 미지의 길이거든……"

바이올린 천재와 새끼손가락

바이올린의 천재가 「악마의 트릴」을 연주하자 악마가 나타나 턱을 괴고 감상에 잠겼습니다.

악마는 점점 소리의 신비한 빛깔에 물들어갔습니다.

"세상에! 악마의 심금마저 울리는 바이올리니스트가 있다니!"

악마는 선율의 황홀함에서 빠져나올 줄 몰랐습니다.

"저건 천상의 소리야! 인간은 낼 수 없는, 오직 신만이 낼 수 있는 소리라고! 인간이 감히 어떻게, 저리 놀랍고 신묘한 소리를 빚을 수 있지!……"

마치 우주에서 쏟아지는 별똥별 무리가 공기와 마찰하여 내는 찬란한 불꽃 같기도 하고, 천 길 땅속을 흐르는 샘처럼 투명한 바이올린 소리에 악마는 질투가 났습니다. 바이올리니스트의 약점을 찾으려고 했으나 도저히 알아낼 수가 없었습니다.

"초절기교로 아름다움의 극치를 들려주다니!……"

악마는 그녀의 바이올린 연주를 들을수록 아름다운 소리에 절망했고 절망이 깊을수록 분노는 커져만 갔습니다.

"아름다운 소리의 집을 지어 세상을 평화롭게 하는 일은 절대 없어야 해…… 세상이 아름다워지면 악마들은 지상에서 살 수 없고 모두 지옥의 불구덩이에 빠져 살아야 해. 그러니 바이올린 소리가 아름다움의 집을 짓지 못하도록 해야 해."

악마는 질투심에 불타며 굳게 다짐을 했습니다. 그러나 아무리 궁리를 해도 묘책이 떠오르지 않았습니다. 악마는 뜬눈으로 밤을 새우며 전전긍긍했습니다.

"분명히 약점이 있을 거야. 인간은 절대 완전할 수가 없거든. 암! 그렇고말고, 인간은 불완전하고 허점투성이야. 인간이야말로 비겁하기 짝이 없으니까…… 겁 많고, 시기심 많고, 황금에 눈이 멀어 사랑하는 사람도 배신하고, 전쟁을 좋아하고, 강한 자한테 약하고 약한 자한테 강하고, 탐욕스럽고, 남을 인정하지 않고, 거짓말쟁이고, 겉으론 웃으면서 남의 등에 비수를 꽂고, 인종차별을 하고, 웃는 올빼미·긴귀키트여우·까치오리 등 많은 동물을 멸종시키고, 식물도 멸종시키고, 악마의 혀보다 더 교활한 혀를 가졌거든…… 인간은 믿을 수 없는 존재야. 바이올린을 켜는 저 여자도 분명 어딘가 약점이 있을 거야"라고 흥분하며 그녀의 허점 찾기에 골몰했습니다.

시간이 흐를수록 바이올리니스트의 명성은 높아만 갔고 그녀의 완벽한 연주는 신묘하다는 찬사를 받았습니다. 그러던 어느 날, 바이올리니스트는 청천벽력 같은 소식을 듣고 절망에 빠졌습니다. 오랫동안 손목을 쓸 수 없다는 거예요. 그 말은 바이올리니스트에게 사형선고나 다름없었습니다.

사실 바이올리니스트의 왼쪽 새끼손가락은 다른 연주자들보다 손가락 마디 하나가 짧았습니다. 무리하게 연주를 하다 보니 손목에 이상이 생긴 것이지요. 그녀는 큰 실의에 빠졌습니다. 6년 동안 바이올린을 잡을 수 없다는 슬픔이 그녀를 덮쳤습니다.

살다 보면 좋은 일과 궂은일은 돌고 돌아 만나므로 운명을 받아들일 수밖에 없지만, 그녀는 결코 좌절하지 않았습니다. 바이올리니스트는 머릿속으로 하염없이 연주를 했습니다. 가슴에 음표의 꽃씨를 품고 음표의 꽃을 피워 바람결로 활을 잡고 다친 손으로 허공의 현을 짚으며, 비록 환상 속일지라도 바이올린 연습을 게을리하지 않았습니다.

"나는 손가락 하나가 남들보다 짧은 데다 이젠 손목까지 아프니까 남들보다 연습을 더 해야 해. 오직 연습만이 시련을 극복하는 길이야!"라고 자신을 독려하며 다시 활 잡을 날만을 꿈꿨습니다. 머릿속으로 얼마나 연습을 했으면 다친 왼손이 아플 정도였는데, 그럴 때마다 바이올리니스트는 새끼손가락을 주무르고 입을 맞추었습니다. "고마워, 내 사랑스러운 새끼손가락!

비록 남들보다 마디 하나가 짧지만 난 네가 자랑스러워!" 하며 왼손을 겨드랑이에 넣었습니다. 이 광경을 보고 있던 악마가 깜짝 놀랐습니다.

"새끼손가락!

새끼……손가락!

바이올리니스트의 새끼손가락!"

순간, 악마는 뛸 듯이 기뻐하며 좋아 어쩔 줄 몰랐습니다.

"드디어 찾았어! 그럼 그렇지. 새끼손가락이 약점이었어!"

악마는 세상이라도 얻은 듯 신이 나서 소리쳤습니다. 바이올리니스트가 잠들자, 악마는 그녀의 꿈에 나타났습니다.

"내가 너의 새끼손가락을 세상에서 제일 아름답게 만들어 줄게!"

악마가 말하자 그녀는 귀가 솔깃했습니다. 난이도 높은 곡을 연주할 때마다 새끼손가락 때문에 애를 먹었거든요. 특히 '악마의 트릴'이라 불릴 정도로 고난도 운주법이 필요한 「악마의 트릴」 3악장 후반부를 연주할 때면 더 그랬습니다. 현을 눌러 소리를 내려고 지판의 가장 넓은 부분을 짚을 때면, 순간적으로 새끼손가락이 찢어질 듯했으니까요.

"정말! 네가 내 새끼손가락을 길고 아름답게 만들어줄 수 있다고?"

바이올리니스트는 눈을 동그랗게 뜨고 물었습니다.

"그 정도는 식은 죽 먹기보다 쉽지. 너에게 영생도 줄 수 있어. 네가 바이올린의 천재로 영원히 살게 할 수도 있단 말이야."

악마는 달콤한 유혹의 손을 뻗쳤습니다.

"좋아. 그러면 내 새끼손가락을 세상에서 가장 아름답게 만들어줘!"

바이올리니스트는 흥분한 표정으로 말했습니다.

"그런데 조건이 하나 있지!"

"조건, 무슨 조건?"

"네 꿈을 나에게 줘야 해!"

악마는 음흉한 미소를 띤 채 말했습니다.

"꿈! 어떤 꿈을?"

"바이올린 소리로 세상 사람들의 마음을 아름답게 만들려는 너의 꿈!"

바이올리니스트는 순간 당황했습니다.

바이올리니스트는 음악으로 세상을 아름답게 수놓고 싶었거든요. 바이올린 연주를 통해 전쟁터의 총성도 멎게 하고, 사랑하는 마음을 갖게 하고, 강한 자가 약한 자를 돕게 하고, 동식물들과 어울려 살고, 환경 파괴를 하지 않고…… 세상이 평화롭고 아름다워지는 꿈을 음악으로 실천하고 싶었거든요. 그녀는 손목 부상에서 회복하면 세계 평화와 환경보호를 위해 인류 최초로 북극과 남극의 빙산, 그리고 우주에서 연주회를 열 꿈에 부풀어 있었거든요.

바이올리니스트는 고민하더니 악마에게 시간을 달라고 했습니다.

"내일 밤 꿈에 다시 올게. 기회는 딱 한 번뿐이야!"

흉측하게 솟아난 큰 귀에 긴 꼬리를 가진 악마는 빨간 혀를 날름거리며 검은 연기와 함께 사라졌습니다. 바이올리니스트는 뜬눈으로 하얀 밤을 지새웠습니다.

"이 일을 어쩌지. 이 일을 어찌해야 할까!"

바이올리니스트는 나무에 기대앉아 깊은 상심에 잠겼습니다. 나무 주위를 서성이다가 파란 하늘도 올려다보고 창공을 나는 새를 보며 부러워하기도 했습니다. 너무 엄청난 일인지라 속 끓이며 혼잣말을 하다가 자신도 모르게 나무한테 속마음을 털어놓고 말았습니다.

"……악마와 거래를 하려 하거든……"

바이올리니스트는 꿈에서 만난 악마의 제안을 바오밥나무에게 이야기했습니다. 바오밥나무는 그녀의 고민을 듣고 햇살 깃든 초록 잎사귀를 그녀 어깨로 살랑여주었습니다.

"사람은 누구든지 절박한 어려움에 처하면 악마에게 영혼이라도 팔고 싶어 하지. 사람의 영혼은 방황하는 숙명을 타고 났거든. 방황하는 한 인간은 아름답고, 방황하기 때문에 인간인 것이지. 바이올리니스트여, 당신의 생명 같은 바이올린을 한번 생각해봐!"

악마 이야기를 하는데 바이올린이라니, 그녀는 조금 의아한 표정을 지었습니다.

"나무의 공명음이 왜 아름다운지를! 나무가 자연의 모진 시간을 어떻게 견뎌냈는지를! 한번 생각해본 적 있는지?"

그녀는 연주 생활이 너무 바빠 바이올린 나무에 대해 생각할 틈이 없었으므로 고개만 저었습니다.

"바이올린을 만드는 나무는 고지대의 척박한 자연에서 자라거든. 깊고 어두운 숲, 혹한의 눈보라와 비바람에 맞서 나무는 스스로 생존법을 터득하지. 가늠하기 어려운 강추위는 나무의 성장을 멈추게도 하지만, 그럴수록 나무는 밀도가 단단해지며 안으로 자라. 내면의 단단함은 모진 추위가 아문 흔적이야. 그러나 저지대의 좋은 기후에서 빨리 자란 나무는 나이테 폭이 넓고 세포벽이 단단하지 않아 고혹적이면서 풍부한 공명음이 날 리 없지.

나무가 성장한 자국인 나이테에는 일조량과 한파, 강수량과 폭염, 바람의 세기와 달과 별의 밝기가 그려져 있어서 빨리 자란 나무인지, 조금씩 자라 밀도가 높은 나무인지 알 수 있거든. 바이올린은 엄혹한 자연환경을 극복하며 천천히 자란, 내적으로 단단한 나무로 만들어. 그러니 바이올린이 내는 가장 아름다운 공명음이란, 역설적으로 나무의 아픔이 빚은 신비한 울림이지."

바이올리니스트는 바오밥나무의 이야기를 들으며 흙탕물에 뒤엉킨 욕망이 조금 가라앉는 것 같았습니다.

"마법은 신기루야. 열정과 땀으로 빚지 않은 마법은 술수에 불과해. 악마의 말이 달콤한 것은 그 속이 비어 있기 때문이지. 정말로 내가 해주고 싶은 말은, 누구나 당신의 새끼손가락 같은 상처를 마음에 지녔다는 거야! 고통이 제일 클 때가 성장이 제일 클 때거든. 고통은 성장의 문을 열기 위한 통과의례라고 생각해. 꿈의 성장이 잠시 멈췄을 때, 비로소 내적으로 꿈이 단단해져간다는 것도 잊지 마!"

바오밥나무가 말했습니다.

바이올리니스트는 바오밥나무와 작별하고 숲길을 내려왔습니다. 라일락꽃 향기 바람에 날리는 길에서 그녀는 바이올린나무가 내는 울림에 대해 생각했습니다. 그녀의 몸 안에도 바이올린을 만드는 나무가 더디지만 아름답게 자라고 있다고 믿었습니다.

꽃차 연금술사

꽃차를 만드는 여자가 있습니다.

찰나에 머무는 꽃향을 오래도록 간직하려고 꽃차를 만드는 여자는 바람과 햇빛, 별과 달, 구름과 비의 딸입니다. 숲에서 싸리꽃을 따던 여자는 꽃과 나무에게 연신 "고마워!"라고 말했습니다.

"꽃들아, 지난겨울 추웠을 텐데 이렇게 예쁘게 피어나서 고마워! 나무들아, 등 시린 눈밭에서 얼지 않고 꽃봉오리를 벙글어줘서 고마워!"

꽃을 따는 여자는 풍경에 취해 꽃에게 말을 걸었습니다.

그녀는 꽃차 향으로 사람들 마음을 맑게 하고, 으슬으슬한 날에는 몸에 은은한 군불을 지피는 꽃차를 내기도 하고, 도끼로 정신을 내려치듯 찬 이슬 같은 차향으로 정신을 트이게도 해줍니다.

꽃차 만드는 여자의 손은 상처투성이입니다. 꽃을 따느라 가시에 찔리고 꽃을 덖느라 불에 데여 상처 없는 곳이 없습니다. 상처가 꽃차를 만듭니다. 상처 난 여자의 손과 상처 난 꽃의 영혼이 꽃차의 아름다운 향기를 만듭니다.

바오밥나무는 꽃차 만드는 여자의 손을 물끄러미 쳐다봅니다. 누군가에게 향을 내주기 위해선, 누군가는 가시에 찔리고 굳은살이 박이고 상처가 생겨야 하는가 봅니다. 누군가에게 힘이 되어주기 위해선 자신의 샘물을 말갛게 차오르게 해야 하는가 봅니다. 바오밥나무는 꽃차 만드는 여자가 연금술사 같아 보였습니다.

"꽃차는 왜 만드세요?"

"잠들어 있는 희망을 깨우기 위해서죠."

"잠들어 있는 희망이요?"

"네."

꽃차 만드는 여자가 말했습니다.

"꽃차를 만들기 위해 꽃을 따다 보면 별을 딴다는 생각이 들어요. 우주의 아름다운 영혼인 별이 지상에 흩뿌려진 게 꽃이거든요. 그 꽃 어딘가에 별의 전설을 간직한 희망이 잠들어 있을 것이라 믿고 있어요.

꽃은 고귀한 미궁을 간직한 별, 희망을 주는 생명이에요. 개나리 꽃차나 때죽나무 꽃차, 산딸기 꽃차, 찔레꽃 꽃차 등을 만들다 보면, 원래 꽃이 지닌 별 모양을 유지하기 위해 한지 위에

말릴 때나 불에 덖을 때 세심한 보살핌이 필요하지요. 그럴 때면 꽃차 만드는 일이 꼭 별을 탄생시키는 것 같아요.

참 신기하죠? 꽃을 말리고 불길에 꽃을 덖어도 향이 사라지지 않는 걸 보면요. 그 작은 꽃이 향기를 응축시켰다가 찻물에서 거대한 향의 폭발음을 내는 걸 보면요. 찻물을 은연하게 진동시키는 꽃차 향기의 음파는 상처받고, 고독하고, 쓸쓸한 우리의 시름을 달래주고 정신을 맑게 하여 뮤즈의 사원에서 흘러온 음악처럼 들립니다. 그래서 저는 꽃차 만드는 일을 미궁에 잠들어 있는 희망을 깨우는 것이라고 생각한답니다."

바오밥나무는 꽃을 불에 덖어도 향이 사라지지 않고 정신을 맑게 하는 차향으로 우러나는 게 신기했습니다.

"꽃차를 만들며 정말로 잠들어 있는 희망을 깨우셨나요?"

어느새 꽃차의 매력에 빠졌는지 바오밥나무가 다시 질문을 합니다.

"글쎄요. 지금도 잠든 희망을 깨워가는 중이에요. 한겨울에도 꽃씨들은 땅속의 숨소리를 들으며 싹을 틔우고 마침내 꽃을 피우잖아요. 꽃에는 꽃씨가 품었던 희망이 잠들어 있어요. 작은 꽃씨는 희망을 서서히 팽창시켜 폭발시키는 생명 주머니거든요. 꽃차 만드는 사람은 꽃씨 속에 잠든 거대한 희망을 깨우는 구도자예요. 깨달음을 얻으려고 오랜 세월 마음을 닦는 구도자처럼, 꽃차 만드는 일은 오랜 시간 꽃을 찾아 꽃씨 속에 잠든 희망의 문을 두드려야 한답니다.

꽃이 기억하고 있을 별과 달의 노래와 자연의 엄혹한 시간마저 극복한 수수께끼 같은 희망을 깨우는 것은 마술피리를 불면 나타나는 마술이 아니거든요.

봄이 오면 제비꽃을 따서 차를 만들어보세요. 제비꽃은 꽃이 작아서 말린다거나 불에 덖으면 그 모양이 아주 작아지는데, 꽃의 모양을 유지해가며 꽃차를 만드는 과정이 구도자처럼 마음을 수양시키거든요. 작은 일에서도 잠든 희망을 깨울 수 있다면 그 사람은 구도자일 거예요.

「너는 한 송이 꽃과 같이」라는 슈만의 가곡은 하이네 시에 곡을 붙인 아름다운 노래랍니다. 꽃차를 만들 때면 늘 이 노래를 들려줘요. 꽃차를 음미하는 사람들한테도 차향에 배인 노래의 향기가 전해지기를 바라면서요."

너는 한 송이 꽃과 같이
참으로 귀엽고 예쁘고 깨끗하여라
너를 보고 있으면 서러움이
나의 가슴속까지 스며든다
언제나 하느님이 밝고 곱고 귀엽게
너를 지켜주시길
네 머리 위에 두 손을 얹고
나는 빌고만 싶다.

—하인리히 하이네, 「너는 한 송이 꽃과 같이」

바오밥나무는 꽃차 만드는 여자가 피어올린 향이 루비나 사파이어 빛깔에서 나온 게 아니라, 저 들녘의 한 줄기 바람 머금은 꽃에서 나왔다고 생각했습니다. 어쩌면 그녀야말로 차향으로 사람들이 삶의 미궁을 벗어나도록 도와주는 진정한 연금술사일지도 모릅니다. 먼 옛날 상상력만으로 불완전한 것에 도전했던 연금술사처럼, 꽃의 상처인 차향으로 사람의 상처에 아름다움을 피워내는 꽃차 연금술사!

딱따구리와 화가

나무에 수직으로 선 딱따구리가 부지런히 나무를 쪼고 있습니다.

딱따구리는 빳빳한 꼬리 깃털을 받침대 삼아 몸의 중심을 잡고, 억센 발과 갈고리 모양의 날카로운 발톱으로 줄기를 움켜잡아 나무에 구멍을 내는 중입니다. 단단하고 뾰족한 부리로 나무를 쫄 때마다 숲에는 맑고 경쾌한 소리가 울려 퍼졌습니다. 이슬 젖은 풀잎을 느릿느릿 가는 달팽이와 오솔길을 바삐 가다 두리번거리는 다람쥐, 산책 나온 화가도 걸음을 멈춘 채 딱따구리가 나무 쪼는 소리에 귀를 기울였습니다.

"딱! 딱! 딱! 딱! 딱! 따따따따따따따따따!"

"탁! 딱! 타! 딱! 탁! 타타타타 타타타타타!"

"파! 딱! 딱! 파! 파! 파파파파파파파파

파!”

“딱! 파! 타! 탁! 따! 또르르르르르르르르!

라

따

라따

라

라

라

라

라

라

라!

시간마저 멈춘 것 같은 한낮 숲의 정적은 딱따구리가 나무 쪼는 진동음에 깨졌다가 이내 정적에 빠져들기를 되풀이했습니다.

숲은 신비한 시간에 점령당했습니다. 초록 잎 사이로 바람이 헤집고 들어서면, 햇빛 무너져 내리는 순간 눈앞이 환해져서 아무것도 안 보일 때가 있지요. 눈부신 빛 어둠에 숲은 잠시 사라졌다가 금세 나타났습니다. 풀숲에서 방아깨비가 툭 튀어 오르자 무당벌레 한 마리 날아올라 저만치 풀에 가서 앉았습니다. 빛과 그림자 사이, 나뭇잎을 스치는 바람 사이, 시간의 꼬리를

무는 촌음 사이, 딱따구리는 무심히 돌을 쪼는 석공처럼 나무를 쪼았습니다.

"아, 참 아름답다!"

화가는 나무 쪼는 딱따구리를 보며 자기도 모르게 감탄했습니다.

"아름답다니, 무엇이?"

"나무를 쪼는 네 모습이……"

화가가 대답했습니다.

"나는 지금 알에서 깨어날 때의 힘까지 다해, 우주를 쪼고 있는 거야."

"뭐! 우주를 쪼고 있다고?"

"그래, 우주를 쪼고 있지…… 내 삶의 우주를 쪼고 있다고."

화가는 무슨 뜻인지 알 수 없었습니다. 딱따구리는 계속 나무를 쪼았습니다. 나무 파편들이 허공으로 튀더니 화가 머리 위로 후드득 떨어졌습니다.

"우주를 쪼고 있다는 게 무슨 말이지?"

화가는 딱따구리한테 다시 물었습니다.

"그 말은 내가 살아 있다는 신호야. 나를 각성시키는 신호. 나무를 쪼는 일은 살아가기 위해 내 정신을 쪼는 행위거든. 내가 살아 있다는 존재 방식이지. 사람이든 벌레든 새든 누구나 살아 있는 것들은 자기만의 우주가 있어. 우주의 문을 열기 위해선 온 힘을 다해 두드려야 하거든. 나무를 쪼는 건 살기 위해 온 삶을 걸고 하는 일이야……"

딱따구리가 말했습니다.

"네가 나무 쪼는 소리는 '악흥의 순간'처럼 아름다워! 신도 만들지 못한 음악 같거든."

화가는 딱따구리 말은 아랑곳 않고 보이는 모습과 들리는 소리의 아름다움에만 정신을 팔았습니다.

"아름다움을 만나려면 천둥소리도 들어야 해. 아름다움은 저절로 피는 꽃이 아니거든. 아름다움이 삶의 불협화음이나 외로움, 슬픔, 끔찍함 같은 것을 완화시켜주는 까닭은 고통의 터널을 통과하여 상상력을 자극하기 때문이야. 자, 나를 잘 보라고!"

딱따구리는 말을 마치자마자 부리로 나무를 쪼아댔습니다.

"딱! 딱! 딱! 딱! 딱! 따따따따따따따따따!"

"딱! 파! 타! 탁! 따! 또르르릉릉릉릉릉릉!"

"딱! 똑!

딱! 똑

따! 타!

닥! 딱!

따!

뚜

르

르

르

르

르

르

르

르

!"

"리

따

리 따

리

리

리

리

리!"

"똑

따!

타!

닥!

딱!

따!"

"타

르

타

르

르

르

르

르

르

르!"

"리! 로! 리! 로! 리!"

"크! 큭! 크! 크! 큭!"

"다! 딱! 다! 딱! 딱!

따따따따따따따따!"

"차! 파! 차! 탁! 차! 또르르릉릉릉릉릉릉!"

"또

르

르

릉

릉

릉

릉

릉

릉!"

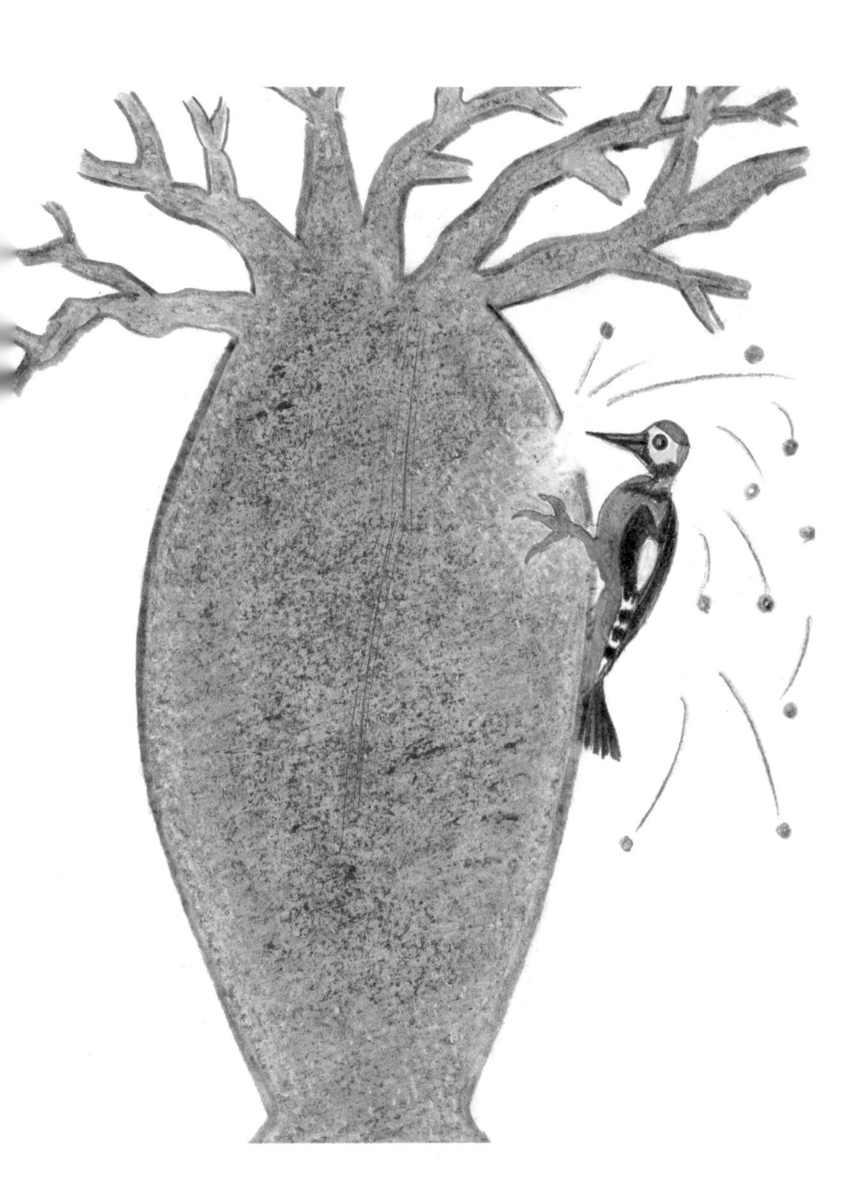

화가는 "우와!"를 연발하며 신기한 것에 홀린 사람처럼 딱따구리를 쳐다보았습니다.

"나무 쪼는 소리가 아름답다고? 나는 그 소릴 내기 위해 자그마치 1초에 열다섯 번에서 열여섯 번의 속도로 나무를 쪼고 있어. 기관총 총알보다 두 배 빠른 속도거든. 나무를 한 번 쪼는 데 걸리는 시간은 천 분의 1초도 안 걸려. 내가 하루에 몇 번이나 나무를 쫄 것 같아? 한 번 알아맞혀봐."

"100번! 300번! 500번!"

화가의 말에 딱따구리가 아니라고 하자

"그럼 700번! 900번! 1,000번!"

딱따구리는 고개를 가로저었습니다.

"설마 1,500번! 2,000번! 3,200번!"

"아니야."

"그럼 마지막으로 5,000번!"

"틀렸어."

"정말 끝으로 8,800번! 10,000번!"

"아니야."

"잘 모르겠어……"

화가는 미안한 표정으로 딱따구리를 바라보았습니다.

"하루에 나무를 쪼는 횟수는 무려 1만 2,000번 정도야."

화가는 "와!" 하고 탄성을 질렀습니다.

"그런데 말이야, 한번 생각해봐. 나무를 쪼아댈 때의 이 엄청난 가속도를 멈추려면 어떻게 해야 할까? 나무를 쫄 때도 그렇지만, 이 가공할 속도를 멈추려면 생명을 걸어야 해."

"생명을!"

화가가 놀라는 표정을 짓자 "우주선이 발사될 때 비행사가 받는 힘의 250배에 달하는 압력을 이 조그만 머리로 견뎌내거든. 머리가 박살 날 지경이지. 하지만 신이 평생 나무를 쪼게끔 만들었기에 다행이지만…… 그렇게 나무를 쪼아 나무속에 사는 애벌레를 잡아먹고…… 짝을 부르고…… 새끼를 키우고…… 뭐든지 먹고사는 건 힘들어!" 딱따구리가 말했습니다.

화가는 딱따구리의 말에 갑자기 가슴이 먹먹해졌습니다. 화가는 눈앞에 보이는 새의 아름다움을 그리려고 숲을 찾았거든요. 순간, 보이는 모습과 들리는 소리가 전부가 아니란 생각이 들었습니다. 딱따구리가 나무를 쪼는 일이 우주를 쪼고 있다고 말한 속내를 알 것도 같았습니다.

그러나 화가는 딱따구리가 무모하다는 생각을 했습니다. 보이지도 않는 나무속에 든 애벌레를 어디쯤 있는지 알고 구멍을 내느냐는 것이지요.

"딱따구리야! 너의 부리는 세상에서 제일 단단할지 몰라도 네 눈은 나무속을 볼 수 없잖아? 투시력도 없는 네가 나무속에 사는 애벌레를 찾기 위해 온 나무에 구멍을 뚫으려고? 그건 너무 어리석어!"

화가가 말했습니다.

"나무속은 눈으로 보는 게 아니야. 감추어진 것들은 눈으로는 안 보이거든. 그것은 불가능해 보일 뿐, 할 수 없는 건 아니야. 불가능한 것들과 부딪쳐 감춰진 것을 찾아내는 것, 그것이 삶이야.

나무를 쪼다 보면 나무속에 숨은 애벌레가 꿈틀거리거든. 눈앞에 보이는 건 나무껍질이지만, 불가능해 보이는 것을 쪼다 보면 감춰진 보물이 나타나지. 그림을 그릴 때도 보이는 것만 그리려고 하지 마. 보이는 것들 뒤에는 불가능한, 그래서 더 아름다운 것들이 숨어 있거든. 캔버스에 풍경을 그리는 일은, 풍경 너머 숨겨진 미지를 상상하게 하는 것이잖아. 딱따구리의 투시력이란 바로 불가능해 보이는 벽을 깨는 거야. 깨질 것 같지 않은, 그래서 더 깨져야만 할 것들에 부딪쳐 균열을 일으키고, 여린 금 간 자리마다 눈부신 햇살이 들어서게 하는 것. 그게 딱따구리가 세상을 사는 방식이야. 그 자리 어딘가에 애벌레가 꿈틀거릴 것이고, 내가 알지 못한 보물이 반짝이고 있을 거야."

딱따구리가 화가에게 말했습니다.

"너의 말은 보자기에 담겨진 마음 같아. 보자기 매듭을 풀어보지 않아도 알 수 있는 그 마음. 그림에 무엇을 담아야 할지 몰라서 꽃과 새, 풍경을 그리기만 하는 내 궁핍을 네 마음의 보자기가 포근히 감싸주었어."

화가의 마음이 행복감에 물들었습니다. 딱따구리와 화가

가 나누는 이야기가 재미있는지, 이번엔 바오밥나무가 슬그머니 끼어드네요.

"딱따구리야! 네가 내 몸을 쪼아 생긴 구멍일랑 괜찮아. 나무는 새와 벌레의 집이거든. 지구가 새와 사람, 벌레, 꽃과 나무, 물고기, 바람, 그림자 모두의 집인 것처럼 말이야. 딱따구리가 나무 몸에 남긴 상처는 적막을 걷어가는 바람 같은 것. 지나는 바람이, 꽃향기가, 새들의 노래가 상처를 감싸줄 테니까. 나무는 상처를 안고 나무가 되어가거든."

바오밥나무의 말이 끝나자 딱따구리가 날아올랐습니다.

"만나서 반가웠어, 화가 친구! 그리고 어머니처럼 늘 말없이 지켜주는 바오밥나무 친구, 안녕!"

"안녕, 딱따구리야!"

딱따구리가 노을 지는 산등성이를 날아가자 화가가 붓을 들었습니다.

"무엇을 그리려고?"

화가가 빈 하늘에 물감을 찍어 그림을 그리자 바오밥나무가 휘둥그레 물었습니다.

"딱따구리가 허공에 남기고 간 발자국을 그리려고! 노을 어딘가에 새의 발자국이 남아 있을 거야!……"

"아, 노을에 찍힌 새 발자국!"

"응. 새의 모습보다, 새가 남긴 시간의 흔적을 그림에 담고 싶어. 새가 날아올라 노을 물든 자리에 꾹꾹 찍어놓은 따뜻한 발자국을 말이야. 발 디딜 곳 없고 의지할 곳 없는 허공에 길을 내며 날아가는 새만의 길을!"

화가는 딱따구리가 날아간 허공을 그렸습니다.

"아, 참 아름답다!"

어쩌면 허공처럼 비어 있는 곳이야말로 색과 형상을 무한정 간직한 가장 아름다운 곳인지도 모른다고 화가는 생각했습니다.

둘은 서로 웃으며 헤어졌고 숲에는 정적이 찾아들었습니다. 숲에 홀로 남은 바오밥나무는 푸른 별이 뜬 밤하늘을 보았습니다.

검은 옻칠 같은 어둠이 숲을 덮었지만 바오밥나무에게 밤이 외롭지 않은 것은, 언제나 다시 일어나 빛을 뿌리는 태양과 내일이면 찾아올 방랑자가 있기 때문입니다. 바오밥나무는 방랑자들과 인생을 가장 아름답게 만드는 여행과 꿈 이야기 하는 걸 좋아하거든요. 방랑자들이 고민과 상처와 깊은 절망에 빠져 있더라도 바오밥나무에게는 수천 년을 살아오며 터득한 지혜와 열망과 사랑이 있으니까요.

그는 누군가를 기다리고, 누군가의 말을 들어주고, 누군가를 사랑하는 일보다 더 소중한 것은 없다고 생각하는 신비한 나무랍니다.

내일은

바오밥나무에게

또 어떤

방랑자가

찾아올까요?

민병일의 동화와 초현실적 상상력

오생근
(문학평론가, 서울대 불문과 명예교수)

1

민병일의 『바오밥나무와 방랑자』는 동화일까? 우화일까? 『우리말 큰사전』에 의하면 "동화는 어린이에게 꿈과 상상력을 길러주며, 어른에게는 오염된 감정을 걸러주는 동심을 불러일으키는" 것이다. 또한 『국어대사전』은 우화를 "인격화된 동식물을 주인공으로 등장시켜 그들의 행동 속에 풍자와 교훈의 뜻을 나타내는 이야기"로 정의하고, 『이솝 우화』를 예로 든다. 이런 점에서 바오밥나무가 인격화된 주인공으로 등장하고, 꿈과 상상력을 잃어버린 우리 시대의 대중을 때로는 비판적으로, 때로는 위로의 시각으로 그린 민병일의 콩트(짧은 이야기) 연작은 우화에 가깝다고 할 수 있다. 그러나 그가 자신의 책을 '모든 세대를 위한 메르헨'으로 규정하고, 이 연작의 주제와 이야기가 생텍쥐페리의 『어린 왕자』를 연상시킨다는 점에서 볼 때 이 책은 동화다.

『어린 왕자』의 다음과 같은 구절을 떠올려보자. "만약 누군가 수백만 수천만 개나 되는 별 중에서 단 하나밖에 없는 꽃을 사랑하고 있다면, 그 사람은 바로 그 별을 바라보는 것만으로도 마음이 행복해질 수 있는 거야" "별들이 아름다운 건 눈에 보이지 않는 꽃 한 송이 때문"이고, "사막이 아름다운 건 어딘가에 샘을 감추고 있기 때문이야"처럼 어린아이의 순수성 혹은 순진성의 시각에서 삶을 통찰하는 아름다운 구절들은 민병일의 서정적인 산문들의 어디에서건 쉽게 발견된다. 『바오밥나무와 방랑자』가 동화건 우화건, 이 연작들은 우리의 동화 장르에서는 흔히 볼 수 없는 독특한 상상력의 세계를 보여주는 작품들이다.

민병일은 이 동화를 쓰기 전에 『창에는 황야의 이리가 산다』라는 방대한 에세이집을 펴낸 바 있다. '창'을 찾아 길을 떠난 방랑자의 에세이와 이 연작 동화 사이의 공통점은 무엇일까? 간단히 말해서 그것은 자유로운 글쓰기와 꿈꾸기라고 할 수 있다. 본래 에세이는 시와 소설과는 달리 형식의 제약이 없는 자유로운 글쓰기의 장르이고 동화 역시 그렇다고 할 수 있다. 동화는 어떤 점에서 자유로운 것일까? 우선 동화의 주인공은 어린이가 될 수도 있고, 어른이 될 수도 있다. 동물이나 식물이 등장해서 사람처럼 말할 수도 있다. 과학소설이나 환상소설을 포함해서 대체로 합리적인 논리가 작용하는 일반 소설과는 달리, 동화의 서사 구조는 비합리적이고 초현실적이 될 수도 있는 것이다. 그렇기 때문에 동화에서는 『어린 왕자』처럼, 비행기 고장으로 불시착한 비행사가 사막 한가운데서 자기 별을 떠나왔다는 어린 왕자를 만나 며칠 동안 이야기를 나누었다고 그것을 문제시할 수는 없는 것이다. 이런 점에서 동화가 어린이에게 '꿈과 상상력'을 길러줄 수 있다면, 그러한 차원에서 모든 것이 가능한 자유로운 장르가 동화라고 말할 수 있지 않을까? 또한 방랑자의 에세이와 동화가 꿈꾸기의 공통점을 갖는 것은 '꿈을 꾸다'라는 프랑스어 'rêver'가 본래 '떠돌아다니다, 방랑하다'와 같은 의미로 쓰였다는 사실에 근거한다. 어린이에게 꿈과 상상력을 길러주는 동화 작가는 어떤 의미에서 꿈과 상상력을 많이 갖는 방랑자의 영혼을 가져야 한다. 이런 점에서 그의 상상력은 사실적이고 합리적인 논리에 갇혀 있는 어른들의 사고방식과는 달리 초현실적이 될 수밖에 없다.

잘 알려져 있듯이 앙드레 브르통은 『초현실주의 선언』에서 사실주의 문학의 상투성과 진부한 서사를 비판하고, 초현실주의적 상상력의 가치와 중요성을 강조한 바 있다. 그는 '정신의 가장 위대한 자유'가 상상력이고, 문학이나 예술에서 이러한 상상력의 표현이 자유롭게 펼쳐질 수 있어야 한다는 것을 주장하면서 동화의 예를 든다.

어린이들은 일찍 '경이로움'의 젖을 떼고 나면, 그 이후에는 『나귀

가죽』에서와 같은 극도의 기쁨을 누릴 수 있는 여유로운 정신적 순수성을 전혀 갖지 못한다. 공포, 괴기스러운 것의 매력, 행운, 풍성한 것에 대한 취향, 이런 것들은 동화에 충분히 도움이 될 수 있는 원동력의 요소들이다. 그러므로 어린이들을 위해 써야 할 이야기, 늘 푸른빛의 동화의 가능성이 있는 것이다.

브르통에 의하면, 동화는 본래 초현실적 장르이다. 브르통은 사실주의 문학에서는 발견될 수 없는 경이로운 상상력의 세계가 동화에서 자유롭게 펼쳐질 수 있을 것이라고 말한다. 물론 공포의 장면이나 괴기스러운 사건들로 엮어진 황당한 이야기들이 무조건 초현실적 가치를 갖는다고 말할 수는 없다. 그것들이 의미 있는 것이 되려면, 작품 전체의 주제와 밀접한 관련성을 가져야 하고, 또한 현실에 대한 어떤 필연적 알레고리와 상징성의 범주에서 해석될 수 있어야 한다. 초현실주의는 무조건 현실을 초월하거나 외면하는 것이 아니라, 현실의 외양 속에 보이지 않는 실재를 탐구하고 진정한 현실성을 포착하는 것이기 때문이다. 다시 말해서 초현실성은 현실성과 동떨어진 것이 아니라, 동전의 앞뒤처럼 연결된 것이다. 이런 점에서 민병일의 초현실적 상상력은 현실에 대한 그의 문제의식에서 비롯된 것이라고 말할 수 있고, 현실의 문제에 대한 개성적인 접근 방식이라고 이해할 수 있다.

2

『바오밥나무와 방랑자』에서 가장 중요한 주제는 방랑 혹은 여행이라고 할 수 있다. 방랑은 문학의 오래된 주제이다. 17세기 세르반테스의 『돈키호테』와 20세기 카프카의 『성』은 모두 방랑을 주제로 한 소설이다. "갑옷으로 완전 무장한 채 말을 타고 모험을 찾아 세상을 떠도는 편력기사"가 되겠다고 결심하고 "책에서 읽은 대로 편력기사의 일상적인 수련을 수행하기로" 하여 "말의 발걸음이 내키는 대로" 길을 가는 돈키호테의 방랑이나, 성에 도달하려는 끈질긴 노력에도 불구하고 목적을 달성하지 못한 측량기사 K의 방황은 방랑과 여행이라는 주제에서 일치한다. 루카치의 말처럼, "칸트의 별이 총총한 하늘은 순수 인식의 어두운 밤에만 빛날 뿐, 고독한 방랑자—새로운 세계에서 인간이라는 것은 고독하다는 것을 뜻하는데—어느 누구에게도 그가 가는 오솔길을 더 이상 밝혀주지 않는" 시대에 인간은 고독한 방랑자의 운명을 살 수밖에 없을 것이다. 또한 젊은 시절부터 줄곧 외로운 방랑의 시간을 보냈던 차라투스트라가 산등성이를 오르면서 "내 어떤 숙명을 맞이하게 되든, 내 무엇을 체험하게 되든, 그 속에는 반드시 방랑과 산 오르기가 있으리라"라고 말하고, 결국 모든 방랑의 떠남은 자기 자신을 뛰어넘기 위해 자기에게로 되돌아오는 체험임을 고백하는 모습에서 우리는 방랑자의 주제를 발견할 수 있다. 이러한 방랑이 실제적인 것이건, 상징적인 것이건, 방랑자의 삶은 현대인의 불안한 운명을 반영하는 것이다.

민병일의 『바오밥나무와 방랑자』의 작중 인물들은 차라투스트라처럼 고독한 방랑자의 여행을 떠나거나 방랑자의 자유로운 영혼으로 살아간다. 그들은 왜 여행을 떠나는가? 「나미브사막에서 온 물구나무딱정벌레」에 나오는 젊은이는 모든 일에 실패함으로써 인생에 절망하여 마지막 여행을 떠난다. 「곡예사 야야 투레와 샤샤」의 곡예사는 "여행을 하면 잃어버린 나를 찾을 수 있을까" 하는 생각 때문에 여행길에 나서는데, 바오밥나무는 이렇게 말한다. "자기 자신을 상실했다고 느낄 땐 여행이 묘약이지요. 정처 없이 길을 걷다 보면, 마음 깊은 곳에서 몸이란 껍질을 뚫고 나오는 각성된 정신이 있게 마련입니다." 또한 "삶이 그대를 속인다는 생각에, 타인들이 그대를 알아주지 않는다는 생각에, 좌절 깊은 마음에, 삶으로부터"(「질스 마리아 숲 절벽에서 만난 글뤽 할아버지」) 도망치듯이 여행하는 사람도 있다. 이들에게 여행의 동기가 무엇이건 간에, 그들이 삶의 새로운 출발을 위해서 여행을 하는 것은 분명하다. 그렇다면 여행에서의 어떤 경험이 "삶의 새로운 출발을 가능하게 하는 것일까?" 알랭드 보통의 『여행의 기술』에는 "여행은 생각의 산파다"라는 구절이 있다. 여행은 자기 자신과 많은 대화를 할 수 있는 시간을 갖게 하기 때문이다. 이런 점에서 여행은 혼자 하는 것이 좋을지 모른다. 기차를 타고 가건 비행기 안에서건, 사막의 적막한 풍경을 보건 도시의 거리를 산책하건, 혼자서 여행하는 사람은 동행자의 방해를 받지 않고, 본래의 자신 속으로 돌아가 끊임없이 자기 자신의 내면과 대화를 나눌 수 있기 때문이다. 이렇게 자기 자신과 대화하고 많은 생각을 함으로써 사람은 자기 자신에게 필요한 새로운 출발이 무엇인지를 깨닫는 경험을 할 수 있을 것이다.

민병일의 작중 인물들은 대체로 닫힌 공간이 아니라 열린 공간을 좋아한다. 그들은 한 공간에 고독하게 칩거하는 생활보다, 집 밖으로 나와서 동네나 거리 혹은 가까운 숲을 찾아가기를 즐긴다. 그들은 안정된 직장과 가정에 안주하는 사람들이 아니다. 그들은 대체로 자유로운 영혼의 소유자들이다. 버려진 꿈을 모으는 방랑자, 집도 없이 세상을 떠돌아다니는 사진사, 지진으로 쓰러진 올리브 나무를 찾아다니는 목수, 서커스단에서 평생을 함께 곡예를 했던 애마 샤샤와 함께 세상 구경을 하고자 길을 떠난 곡예사, 사막에서 방랑 중인 집시 여인, 거리의 악사 등, 그들은 혼자서 일하는 자유로운 영혼의 소유자들이다. 그들은 일 때문에 여행을 하거나, 일과는 상관없는 여행을 하기도 한다. 사람들만 여행하는 것이 아니라, 물구나무딱정벌레도 여행하고, 엉겅퀴 홀씨들도 여행한다. 이런 점에서 니체의 『차라투스트라는 이렇게 말했다』의 등장인물들이 동식물의 구분 없이 숲속의 성자, 줄 타는 광대, 예언자, 마술사 등 특이한 직업에 종사하는 사람들뿐 아니라, 독수리, 뱀, 낙타, 용, 악어와 같은 동물과 사과나무, 무화과나무 등으로 다양하게 구성된 것과 유사성을 갖는다고 할 수 있다.

「히말라야 부탄왕국에서 온 파란 양귀비꽃」의 서두에 담긴 여행자의 영혼에 대한 다음 글은 민병일이 여행의 철학자임을 보여준다.

여행자의 영혼에는 설렘이란 울림판이 있습니다.

여행자들은 설렘의 울림판을 따라 지도 위를 산책하다가 밤이 오면 점성술사처럼 별을 세지요. 때로는 열쇠 수선공처럼 고장 난 마음을 수선하여 잠긴 마음의 자물통을 열기도 합니다. 여행만큼 사람을 무장 해제시키는 게 또 있을까요? 관념으로부터, 삶의 억압으로부터, 내면의 황폐함으로부터, 일상의 상처로부터, 이루지 못한 꿈으로부터, 초현실에 대한 의지로부터, 여행이란 설렘의 울림판은 일상을 해방시켜줍니다.

여행지에선 차라투스트라도 만날 수 있습니다. 여행을 하다 보면 도처에 출몰하는 이가 차라투스트라입니다. 굳이 철학을 모르더라도 길에는 철학적인 '것'들이 넘쳐나기에 누구나 삶의 철학자가 될 수 있습니다. 어디 그뿐일까요? 설렘의 울림판을 따라가다 보면 낯선 길에서 만난 파란 하늘, 돌에 핀 꽃, 흐르는 강물, 아이들 웃음소리에서도 잃어버린 자유와 행복을 찾을 수 있습니다.

민병일은 "여행자의 영혼에는 설렘이란 울림판이 있다"라고 말한다. 그에게 '설렘'은 중요한 의미를 갖는 단어이다. 여행은 잃어버린 설렘의 울림판을 되살아나게 한다. 여행길에서 삶의 사소한 억압으로부터 해방된 사람들은 '마음의 빗장을 해제'함으로써, '도처에 출몰하는 차라투스트라'를 만날 수 있다는 것이 민병일의 여행 철학이다.

여기서 차라투스트라는 '사물의 이치를 터득하기 위해 살아가는 자'일 수도 있고, '아낌없이 자신을 내주는 그런 영혼을 지니고 있는 자'일 수도 있고, '자유로운 정신과 자유로운 심장을 지니고 있는 자'를 의미하기도 한다. 그렇다면 민병일의 작품에서 바오밥나무는 무엇일까? 카트린 지타의 『내가 혼자 여행하는 이유』에는 "행복한 사람은 '자기 자신'이라는 친구가 있다"라는 소제목의 글이 있다. 이 글에서 저자는 여행의 큰 소득 중 하나가 자기 자신의 실수와 상처를 자책하거나 후회하지 않고, 그것을 무조건 감싸 안을 만큼 스스로를 사랑하게 된다는 것이라고 말한다. 도와줄 사람 하나 없는 낯선 곳을 여행할 때 자기 자신을 미워하면 좌절감만 커지기 때문이다. 여행자는 "스스로에게 가장 친한 친구이자 아버지이자 어머니가 되어주자"라는 생각을 할 수밖에 없다는 것이다. 이러한 논리에 기대어 말한다면, 민병일의 바오밥나무는 외로운 방랑자에게 대화의 상대자가 될 수 있는 "가장 친한 친구이자 아버지이자 어머니"와 같은 존재이다. 그는 인간의 외부에 있는 타자가 아니라, 내면에 있는 또 다른 자아일 수도 있다. 그는 혼자서 참으로 강해지고 싶고,

더 이상 좌절하고 싶지 않을 때 찾아오는 자신의 내면 속 친구이다. 그러므로 그가 무엇보다 자신을 존중하고 배려하고 사랑한다면, 바오밥나무와 같은 친구는 언제라도 나타날 수 있는 것이다. 바오밥나무는 그런 의미에서 작중 인물들의 내면 속에 있는 또 하나의 '자기 자신'이라는 친구이다.

3

외로운 방랑자들에게 바오밥나무가 '가장 친한 친구'이듯이, 나무는 작중 인물들에게 대체로 삶의 위안을 주고 살아가는 지혜를 가르쳐주는 존재로 나타난다. 그들은 살아 있는 나무뿐 아니라 죽은 나무도 사랑하고, 죽은 나무를 통해 "삶과 죽음마저 초월하는 신성한 존재"의 모습을 발견하기도 한다. 「불완전함을 가르치는 에른스트 감펠 씨의 나무 그릇」의 주인공인 목수이자 목공예 작가는 "도나우강 북쪽 숲이거나 알프스 고산 초원의 삼림과 호수를 떠돌며, 쓰러진 나무들만 골라서" 작품을 만든다. 그는 죽은 나무에서 "나무가 자라며 겪은 온갖 풍상을 상상하고, 썩었거나 부서진 자국에서 스스로 치유한 나무의 생명력을" 상상한다. 또한 상처투성이의 나무에서 보여지는 '불완전함'이 삶의 고통을 치유한다는 것을 깨닫고, 불완전한 마음을 담아서 예술적 아름다움으로 형상화하는 것을 자신의 역할로 생각한다. 민병일은 이처럼 나무에 대한 깊은 사유를 보여줄 수 있는 작가이자, "나무의 삶을 노래하는 음유시인"이다.

> 밤이면 별에게 가는 길을 열어주고
> 아침이면 햇빛으로 푸른 공기를 빚어
> 사랑이란
> 숲의 공명처럼 울리는 것임을
> 행복이란 누군가에게 초록 잎 하나 돋게 하는 것임을
> 나무는 알게 해주었다네
> 나무를 쓰다듬으며 말 건네면
> 곧추서 있거나 누워 있거나
> 나
> 무
> 는
> 깨어 있는 시간이 네게로 가고 있다고
> 침묵하는 바람결을 흔들어주었지

이 시에서 주목해야 할 대목은 사랑이란 "숲의 공명처럼 울리는 것"이고, 행복이란 "누군가에게 초록 잎 하나 돋게 하는 것"이라는 구절과 나무는 "깨어 있는 시간이 네게로 가고 있다고 침묵하는 바람결을 흔들어주었"다는 표현이다. 시인은 나무의 상상력을 통해서 사랑의 울림과 잎새처럼 돋아나는 행복의 느낌, 그리고 사랑과 행복으로 충만된 깨어 있는 시간의 의미를

일깨운다. 나무를 통한 시인의 식물적 상상력은 역동적이다. 그것은 '초록 잎 하나 돋게 하는 것'으로 그치지 않고, 행복의 나뭇잎을 풍성하게 만들고 있는 느낌을 준다. 또한 사랑을 나무와 관련지어 시각적이고 청각적인 이미지로 이처럼 단순하면서도 풍성하게 표현할 수 있는 것은, 시인의 순정한 마음과 나무에 대한 깊은 성찰의 결과로 보인다.

나무 그릇을 만드는 감펠 씨가 목공예 작가인 것처럼, 『바오밥나무와 방랑자』 연작에는 예술가가 주인공으로 등장하는 경우가 많다. 작가의 관점에서 작중 인물인 예술가가 자신의 분야에서 인정을 받고 성공을 한 작가인지의 문제는 중요하지 않다. 예술가에게 중요한 것은 자신이 좋아하는 일을 얼마나 개성적인 관점과 창의적인 작업으로 수행할 수 있는가의 문제이기 때문이다.

「그림자를 찍는 사진사」의 사진사는 유행하는 포스트모던이나 초현실주의 사진을 찍지 않고 "아이들이 뒷골목 담장에 쓴 낙서, 철근을 휘고 있는 노동자, 물안개 피어오르는 섬, 폐쇄된 탄광의 정적, 시장 좌판에서 고등어를 파는 아주머니, 불 꺼진 연극 무대, 사람들이 떠난 빈집 창문이나 씀바귀꽃 핀 해 저물녘 숲길" 등을 찾아다니며 사진기에 담는다. 또한 서커스단에서 신기에 가까운 공중 돌기 묘기 같은 곡예를 하면서 "달리는 말의 속도를 계산해 마상에서 용수철처럼 튕겨 올라 3회전 공중 돌기"를 하는 야야 투레는 "예술과 과학이 빚어낸 총체 예술"의 공연을 한다. '브레멘 뵈트허 골목'에서 비올라를 연주하는 거리의 악사, 왼쪽 새끼손가락 마디 하나가 짧아서 악마의 유혹을 받는 바이올린 천재 등 이들은 칸트의 『도덕형이상학』에 나오는 말처럼 음악의 선율에는 사람이 "무제약적으로 선하고자 하는 의지, 즉 어떤 제약이나 조건도 없이 선한," 인간의 선의지를 다른 예술보다 잘 표현할 수 있다고 믿는다.

민병일의 『바오밥나무와 방랑자』 연작에는 예술가뿐 아니라 특이한 직업을 가진 사람들이 등장한다. 현실에서는 존재하지 않고 상상 세계에서만 존재하는 이들은 '유리병 속 꿈을 파는 방랑자' '기적을 파는 가게'의 주인, '순간 수집가' '슈테른샨체 벼룩시장에서 열정을 파는 히피' 등이다. '유리병 속 꿈을 파는 방랑자'는 사람들이 꾸다 만 꿈이나 잃어버린 꿈 등을 수집해서 그것들을 손질한 후 숨결을 불어넣어 유리병에 담아 파는 사람이고, '기적을 파는' 사람은 기적을 사러 오는 사람에게 돈을 요구하지 않는다. 그가 파는 기적은 앉은뱅이를 서서 걷게 하거나 장님에게 눈을 뜨게 해주는 기적이 아니라, "지붕에 걸린 무지개"를 보게 하는 일이고, "비 오는 날 산길의 흙냄새를" 맡게 하는 일이기 때문이다. 또한 '순간 수집가'는 순간의 중요한 가치를 알고 있는 사람이다. 그에게 순간은 "숨과 숨 사이, 마음과 마음 사이, 당신과 우주 사이"에 있는 "현존하면서도 존재하지 않는 무 같은 것"이고, "경이감을 맛볼 수 있고" "예술에의 충동을 느낄 수 있는 것"이다. 그리고 '벼룩시장의 히피'는 열정을 파는 사람이지만, "열정은 사고파는 게 아니라 그걸 필요로 하는 이에게 아낌없이 주는 것"이라고 말한다. 물론 이들이 취급하는 '꿈'과 '기적'과 '순간'과 '열정'은 이 시대의 대중들이 더 이상 관심을 갖지 않고 잃어버린 것이다. 그러나 진정한 예술가는 대중들의 취향에 영합하지 않고, 이웃과 인류에게 어떤 제약이나 조건도 없이 선한, 인간의 선의지를 전달하려는 의지를 갖는 법이다. 그의 연작 속에 나오는 한 구절을 인용해서 말한다면, 예술가의 역할은 "사람을 사람답게 하고 자연과 더불어 살게 하기 위해 세상의 불완전함을 정화하고 인간의 대지를 기름지게" 하는 것이다. 이런 점에서 민병일은 예술가들을 주인공으로 내세워서 사람들의 관심으로부터 멀어진 꿈과 기적과 순간과 열정의 가치를 동화적으로 혹은 초현실적 상상력으로 보여준다.

4

민병일은 프랑스의 초현실주의자들처럼 "삶은 언제나 경이로운 비밀을 간직하고 있다"라는 믿음을 동화로 보여준다. 어떤 의미에서 그는 삶의 경이로움을 말하기 위해 동화라는 장르를 선택했다고 할 수 있다. 그에게 '기적'이 비현실적인 사건이 아니듯이, '경이로움' 역시 초월적으로 존재하는 것이 아니다. 그것은 나미브사막에 사는 '스테노카라'라는 이름의 물구나무딱정벌레가 섭씨 40도의 뜨거운 사막에서 살아가는 강인한 의지의 방법이거나, 마찬가지의 환경에서 '웰위치아'라는 식물이 줄기 지름 1미터에 잎 길이가 3미터나 되는 커다란 잎사귀를 늘어뜨리고 안개나 이슬을 빨아들이며 2천 년을 사는 지혜와 같은 것이다. 또한 온갖 풍상을 겪으면서 생존하는 나무의 경우, 저지대의 좋은 기후에서 빨리 자란 나무는 나이테 폭이 넓고 세포벽이 단단하지 않아 좋은 울림이 나오지 않는 반면, 고지대 척박한 환경의 나무는 천천히 조금씩 자라 나이테의 폭이 좁고 단단하여 아름다운 울림을 준다는 것도 그가 이야기하고 싶어 하는 '삶의 경이로움'이다. 이처럼 다양한 경이로움들은 민병일의 동화 속에 특이한 관점에서 다채롭고 풍부하게 서술된다.

이 동화를 읽고 독자들은 어떤 반응을 보일 수 있을까? 「나미브사막에서 온 물구나무딱정벌레」에 등장하는 젊은이는 "하는 일마다 실패의 연속"이었으므로 "목적도 없이 세계를 떠돌다가 세상의 끝"에서 바람처럼 사라져버리겠다는 절망감을 갖고 있었다. 그러나 엄혹한 사막에서 사는 '물구나무딱정벌레'와 '웰위치아'의 생존 방법을 알게 된 후, "삶에는 여러 갈래 길이 있고 그 길을 열기 위해선 한계상황에 맞서 온몸으로 길을 내야 한다는 것"을 깨달았다고 말한다. 또한 자신의 시에 열등감을 갖고 있던 시인은 "쇠똥구리가 땅의 수많은 장애물을 극복하며 쇠똥을 굴리려면 지치지 않는 힘과 불굴의 의지가 필요하"다는 쇠똥구리 이야기와, 나무들도 혹독한 환경에서 살아남기 위해 상처를 받고 몸살을 앓으며 성장통을 겪지만 열등감마저 저항력으로 키워간다는 경이로운 말을 듣고 열등감으로부터 해방될 수 있는 체험을 하기도 한다.

열등감이란 누구나 갖고 있는 인간의 일반적인 정서라 할 수 있다. 이 글에서 시인을 열등생에 비유하여 "시는 비트겐슈타인의 「오리-토끼」처럼 '다르게 생각하기penser autrement'를 통해 보는 이에게 제3의 눈을 뜨게 해주며, 시인은 아르고스의 눈을 가진 존재로 백 개의 그 눈은 다양하게 생각하라는 마음의 눈"이라는 대목은, 살아가며 열등감으로 상대적 박탈감에 빠지기보다는 삶을 좀더 다양하게 받아들여 주체적으로 변화시키라는 전언이기도 하다. 뿐만 아니라 이 글의 끝부분에 나오는 "나무들이 아름다운 건 옹이 박힌 가지, 구멍 나고 파인 나뭇결에도 새순을 밀어 올려 기어코 꽃을 피우고 마는 생명력 때문이에요. 시인의 가슴속에 아름다움과 진리에 회의를 품어 생긴 옹이가 박혀 있지 않다면, 열등감도 존재하지 않을 거예요. 이젠 그 자리마다 꽃을 피우세요"라는 이야기는, '인간은 시인으로 태어난다Homo nascitur poeta'라고 말한 철학자 베네데토 크로체의 말을 상기하지 않더라도, 저마다 시인이기도 한 모든 사람들이 안고 사는 열등감에 이젠 새순을 틔워 꽃을 피우라는 말에 다름 아닐 것이다.

이러한 작중 인물들처럼, 민병일의 『바오밥나무와 방랑자』를 읽는 독자들은 이야기의 재미뿐 아니라 삶에 대한 새로운 발견의 기쁨을 경험할 수 있을 것이다. 더 나아가 이 연작들이 "어린이에게 꿈과 상상력을 길러주고, 어른에게는 동심을 불러일으키는 것"일 뿐 아니라, 모든 외롭고 좌절한 영혼들에게 꿈과 희망과 용기를 갖게 하는 계기가 될 수 있기를 기대한다.

참고문헌

NHK 위성방송 생명의묵시록 제작팀 엮음, 『지구에서 사라진 동물들』, 한상훈 옮김, 도요새, 2000.

루트비히 비트겐슈타인, 『논리철학 논고』, 이영철 옮김, 책세상, 2006.

——, 『비트겐슈타인의 말』, 시라토리 하루히코 엮음, 박재현 옮김, 인벤션, 2015.

——, 『철학적 탐구』, 이승종 옮김, 아카넷, 2016.

사토 유코, 『무당벌레』, 편집부 옮김, 웅진, 1988.

제리 팔로타, 『사막에 살아요』, 마크 아스트렐라 그림, 임정희 옮김, 세종, 2005.

코이케 야스유키·마스우다 모도키, 『달팽이의 비밀』, 편집부 옮김, 웅진, 1988.

패트리스 부샤르 엮음, 『세상의 모든 딱정벌레』, 김아림 옮김, 사람의무늬, 2018.

「딱따구리는 기관총보다 빠르다?」, 『KISTI의 과학향기』 제405호, 한국과학기술정보연구원(KISTI), 2006.

Dacke, Marie, Emily Baird, Marcus Byrne, Clarke H. Scholtz, Eric J. Warrant, "Dung Beetles Use the Milky Way for Orientation," *Current Biology*, Vol. 23, Issue 4, pp. 298~300. Published online, 2013.

Hurst, Julie, "Ernst Gamperl: Finding Beauty in Imperfection," *Carmen Busquets*, June, 2017.

Kant, Immanuel, *Grundlegung zur Metaphysik der Sitten*, Hamburg: Felix Meiner Verlag, 1965.